Im Schatten der Nacht

Vanessa Carduie

epubli

Impressum

Bibliografische Information der Deutschen Nationalbibliothek:
Die Deutsche Nationalbibliothek verzeichnet diese Publikation in der Deutschen Nationalbibliografie; detaillierte bibliografische Daten sind im Internet über http://dnb.dnb.de abrufbar.

Coverdesign: Yvonne Less - art4artists.au
Bildnachweis Cottage: http://depositphotos.com/2670855/stock-photo-old-clay-house.html
Korrektorat: Sandra Grüter
Lektorat: Jeanette Lagall - lektorat-lagall.de

Druck: epubli - ein Service der neopubli GmbH, Berlin

2. überarbeitete Auflage (20. Dezember 2017)

Für alle, die ungeachtet ihres Alters noch gern Märchen lesen und an ein glückliches Ende glauben.

*„Trenne dich nie von deinen Träumen.
Wenn sie verschwunden sind, wirst du weiter existieren, aber aufgehört haben, zu leben.“*

Mark Twain

Inhalt

Vorwort

Liebe Leserin, lieber Leser,

dieses besondere Märchen ist ein eigenständiges Werk, was in keinem Bezug zur Schattenseiten-Trilogie steht. Der Ursprung dieser Geschichte reicht viele Jahre zurück und liegt tatsächlich in meiner Schulzeit.

Ich schrieb diese Geschichte vor den Schattenseiten und überarbeitete sie dieses Jahr zusammen mit meinen Testleserinnen und Testlesern und meiner wunderbaren Lektorin Jeanette Lagall. Auch wenn es eines meiner früheren Werke ist, wollte ich euch diese Geschichte nicht vorenthalten, und hoffe, dass ihr trotzdem Freude damit haben werdet.

Viel Spaß beim Lesen und vielen Dank!
Eure
Vanessa Carduie

1. Kapitel

Es war einmal vor langer, langer Zeit. Damals lebte eine wunderschöne Frau in einem kleinen Dorf in einer ruhigen englischen Provinz. Ihr Name war Abigail. Sie war eine einsame, junge Frau von zweiundzwanzig Jahren, die in einfachen Verhältnissen lebte. Ihre Eltern waren sechs Jahre zuvor an einer mysteriösen Krankheit gestorben. Aber Abigail war stark und wollte sich von diesem Schicksalsschlag nicht unterkriegen lassen. Sie hatte gegen den Willen einiger Dorfbewohner darum gekämpft, weiterhin in der kleinen Hütte ihrer Eltern leben zu dürfen und schließlich gewonnen. Nach all den schlimmen Dingen, die ihr in der Vergangenheit widerfahren waren, musste sie nun hart arbeiten, aber sie war fest entschlossen, den Mut nicht zu verlieren und ihren Weg zu gehen.

Abbie verließ eines Abends mit zügigen Schritten das Dorf. Sie wusste, dass einige Männer ihr hinterherblickten und gierig betrachteten, wie ihre sanft gerundeten Hüften bei jedem Schritt mitschwangen. Manchmal taten sie mehr, als sie nur anzustarren, aber bis jetzt hatte sie immer alleine geschlafen. Leider war unter den Männern aus ihrem Dorf niemand, den sie mochte oder der gar ihr Herz schneller schlagen ließ. Die meisten ihrer Bewunderer hatten allerdings auch kein ehrenwertes Motiv - also Heirat - im Sinn. Daher ignorierte Abbie diese Männer die meiste Zeit und wagte auch nicht, zu lange in einsamen Gassen oder Schatten zu verweilen. Abbie war weder naiv noch optimistisch genug, um zu glauben, dass sie immer in der Lage sein würde, die Männer abzuschütteln. Ein- oder zweimal war es schon ein harter Kampf gewesen, sich von einem der aufdringlichen Kerle zu befreien. Das steigerte ihre Vorsicht, wenn sie außerhalb ihres Hauses unterwegs war.

Schon oft hatte sie ihr feuerrotes Haar verflucht, welches in Locken bis zu ihren Hüften reichte. Ein leichter Wind wehte ihr eine Strähne ins Gesicht, die sie unwirsch hinter ihr Ohr klemmte. Sie bereute, dass sie vorhin ihren geflochtenen Zopf geöffnet hatte, weil er zu straff geworden war und ihre Kopfhaut deshalb schmerzte. Auch wenn es unpraktisch war, so trug sie es gern offen. Das tat sie allerdings nur, wenn sie zu Hause war, denn ihre Lockenpracht schien die Rüpel nur noch stärker anzuziehen. Im Licht leuchtete es wie ein Signalfeuer und machte es schwer, sich unauffällig zu bewegen. Abbie seufzte. Vor dem Tod ihrer Eltern war sie relativ sicher gewesen, denn ihr Vater war ein respektiertes Mitglied der Dorfgemeinschaft und ein Mann, mit dem man sich nicht anlegen wollte. Aber die Zeit verging und aus dem süßen, kleinen Mädchen, auf das ihre Eltern immer so stolz gewesen waren, wurde eine erwachsene Frau. Eine Frau, der viele Blicke folgten, wenn sie im Dorf unterwegs war, um Einkäufe zu erledigen oder Kranke zu besuchen. Abbie war Heilerin und kümmerte sich um die Erkrankten im Dorf. Ein solcher Krankenbesuch war auch der Grund, warum sie erst zu so später Stunde nach Hause zurückkehrte. Ihre Fähigkeit, andere zu heilen, war für sie gleichzeitig Segen und Fluch. Sie sorgte dafür, dass sie etwas zu essen kaufen konnte, aber gleichzeitig animierte es die Leute - zusammen mit ihrem roten Haar - sie hinter ihrem Rücken als Hexe zu beschimpfen. Auch jetzt tuschelten ein paar Dorfbewohner hinter vorgehaltener Hand, während sie an ihnen vorbeiging. Sie wussten genau, dass Abbie zu gutherzig war, um jemanden zu verletzen oder zu verfluchen.

Aber die Männer, die sie mit allen Mitteln haben wollten, waren gefährlich. Eine Frau ohne Ehemann oder Familie, die sie schützen konnte, galt als leichte Beute. Es war viel zu einfach, unheimliche Gerüchte zu verbreiten, die in den Köpfen der Abergläubischen schnell Wurzeln schlugen, und sich nur schwer wieder zerstreuen ließen. Allerdings hatte Abbie Glück, dass der Priester der kleinen Dorfkirche ihre Heilkünste als Gabe Gottes betrachtete und somit die Leute immer wieder beruhigte. Abbie war Pater Christoph dafür sehr dankbar, denn sie wusste, dass viele Kirchenväter anderer Meinung waren.

Die Männer und deren niedere Absichten waren nicht die einzige Gefahr, die sie im Schatten der Nacht verfolgte. Das ganze Gebiet wurde seit einigen Monaten von einer furchterregenden Finsternis der besonderen Art heimgesucht. In letzter Zeit waren schon viele Menschen nachts von unheimlichen Wesen getötet worden, weshalb die Dorfbewohner ihre Häuser nach Sonnenuntergang nur noch selten verließen. Nicht, dass es die Leute ausnahmslos schützen würde, aber das machte es den Kreaturen der Nacht etwas schwerer, an sie heranzukommen. Anfangs hatten sie gedacht, dass es Wölfe wären, die die Menschen so zugerichtet hatten. Bald darauf konnte das einzige überlebende Opfer jedoch berichten, dass der Täter ein Dämon in menschlicher Gestalt mit leuchtend roten Augen war, bevor es an seinen schweren Verletzungen verstarb. Man hatte Abigail als Heilerin herbeigerufen, doch da war es bereits zu spät. Obwohl sie alles Menschenmögliche versucht hatte, konnte sie sein Leben nicht retten.

Abbie war sehr froh, dass sie bis jetzt keinem dieser Dämonen begegnet war, denn sie wusste nun, was sie anrichten konnten. Allein der Gedanke an die zerfetzten Hälse und die anderen tiefen Wunden, die wahrscheinlich von Klauen oder Fängen stammten, die die Leichen der Opfer aufwiesen, ließ sie erschaudern.

„Verdammte Ausgeburten der Hölle!“, murmelte Abbie, als sie an diesem Abend nach Hause lief. Ihre kleine Hütte lag außerhalb des Dorfes und war mehr oder minder von Wald umgeben. Mit zügigen und sicheren Schritten ging sie den schmalen Pfad entlang, der zu ihrem Häuschen führte. Doch es war später, als ihr lieb war, denn die Nacht verdrängte bereits den Tag.

Erst vor Kurzem hatte sie gesehen, was sorglosen Leuten geschah, die nach Einbruch der Dunkelheit noch draußen unterwegs waren. Der letzte Angriff hatte drei Menschenleben gekostet. Diesmal hatte es einen fahrenden Händler und seine Familie erwischt, die öfter im Dorf ihre Waren anboten. Es hätte nicht viel gefehlt und die Identifizierung der Opfer wäre unmöglich gewesen. Ein Rudel tollwütiger Wölfe hätte keinen größeren Schaden anrichten können, so zerfetzt waren ihre Leiber. Das Merkwürdigste allerdings war das fast vollständige Fehlen von Blut. Abbie wusste genau, dass der Boden am Fundort der Leichen eigentlich mit Blut hätte durchtränkt sein sollen. Trotz der vielfältigen Verletzungen gab es zu wenig davon.

Ein leichtes Schaudern ging durch ihren Körper und ihre Schritte beschleunigten sich bei der Erinnerung daran. Normalerweise wäre sie um diese Zeit schon längst zu Hause, aber der kleine Michael, erst sechs Sommer alt, war ernsthaft krank. Es schmerzte sie, den kleinen, lebensfrohen Jungen blass und bewegungslos im Bett liegen zu sehen. Sie hoffte inständig, dass ihre Kräutertränke ihn heilen konnten.

Während der letzten Tage hatte sich sein Zustand etwas gebessert. So hatte sie ihrem Bedürfnis nachgegeben, zurück nach Hause zu gehen und endlich wieder mehr als nur ein paar Stunden zu schlafen.

Abbie war so tief in ihren Sorgen um Michael versunken, dass sie die drohende Gefahr viel zu spät erkannte. Das Geräusch von heimlichen Schritten und zerbrechenden Ästen hier und da ließ ihren Kopf hochschnellen und sandte einen kalten Schauer ihren Rücken hinunter. Ihre rechte Hand glitt zu ihrer Hüfte und umfasste den Griff des kleinen Dolches, den sie immer bei sich trug. Sie hasste es, anderen Wesen Schmerzen zuzufügen, aber sie würde alles tun, um die Männer davon abzuhalten, sich an ihr zu vergehen. Abigail wusste, dass sie es nicht rechtzeitig bis zu ihrer Hütte schaffen würde. Seit Tagen hatte sie nicht richtig geschlafen und war erschöpft, sonst hätte sie ihre Verfolger schon früher bemerkt. Sie holte tief Luft und stellte sich ihnen entgegen.

„Kommt raus. Ich weiß, dass ihr mir auflauert“, sagte sie mit lauter, sicherer Stimme, die keine Angst verriet.

Drei Männer traten aus dem Schatten der Bäume auf die kleine Lichtung, in deren Mitte Abbie stand, bereit, für ihre Jungfräulichkeit zu kämpfen. Ein Blick in die Augen der Männer genügte ihr, um zu erkennen, dass sie dieses Mal nicht nur um ihre Unschuld, sondern wohl auch um ihr Leben würde kämpfen müssen. In Gedanken fluchte sie. Es war schon schwierig genug, sich gegen einen Mann zur Wehr zu setzen und zu entkommen, aber diese drei waren fest entschlossen, sie für ihre wiederholte Zurückweisung teuer bezahlen zu lassen.

„Was wollt ihr?“, fragte Abbie und sah ihnen direkt in die Augen. Ein Anzeichen von Furcht oder Schwäche konnte sie umbringen.

Der größte und gleichzeitig auch der schlimmste der Männer, Callum, ging einen Schritt auf sie zu, während Rob und Pete abwarteten.

„Was denkst du, Schlampe?“, antwortete er mit einem bösen Lächeln. „Wir werden dich nehmen, wie es sich für eine Hure gehört, und du wirst für deine Arroganz bezahlen. Wie alle anderen Dirnen wirst du nach mehr lechzen, wenn wir mit dir fertig sind.“

Nun wurde Abbie wütend. „*Meine* Arroganz?! Ich wusste nicht, dass ein Mädchen verpflichtet ist, jedem Mann zur Verfügung zu stehen, wenn es ihm nach ihr gelüstet.“ Sie warf ihnen einen angewiderten Blick zu. „Ich würde euch noch nicht mal anfassen wollen, wenn ihr mehr als einmal im Jahr baden würdet! Ihr stinkt.“

Das war keine Lüge. Diese Männer waren alles andere als reinlich und ein Atemzug war genug, um einen auf Distanz zu halten. Ihre einfache, abgetragene Kleidung wies verschiedene Schmutzflecken auf. Es wäre wahrscheinlich nicht allzu schwierig herauszufinden, was sie in den letzten Tagen gegessen hatten. Diese Männer waren Schweine, in mehr als einer Hinsicht.

Callums nicht gerade hübsches Gesicht lief rot an und seine Augen brannten vor Lust und Hass.

„Dafür wirst du büßen! Es ist Zeit, dir deinen vorlauten Mund zu stopfen. Du wirst lernen, wo dein Platz ist, und uns auf Knien um Vergebung anbetteln.“

„Niemals“, schwor Abbie. Sie wusste, dass die Chancen für sie äußerst schlecht standen, aber sie würde nicht kampflos aufgeben.

Im Schatten der Bäume lauerte jedoch etwas, das noch viel gefährlicher war, aber keiner der Menschen bemerkte es. Ein Vampir namens Lucien lehnte am Stamm einer alten Eiche und studierte die Szene, die sich ihm bot. Selbst unter seinesgleichen war er gefürchtet, was dafür sorgte, dass ihm selten ein Konkurrent in die Quere kam. Die Nacht war über den Wald und das Dorf hereingebrochen und er war auf der Jagd. Beim Erwachen nach Sonnenuntergang war der Blutdurst am stärksten. Der Geruch von drei erregten und wütenden Männern befeuerte seinen Hunger. Gleich mehrere Menschen zu finden, die sich in der Dunkelheit außerhalb ihrer sicheren Häuser aufhielten, war genau das, was er brauchte. Deswegen war er den Männern gefolgt, bis er sah, was sie vorhatten. Seine Augen glitten über die kleine Frau mit den flammendroten Haaren. Sie trug ein einfaches, dunkelgrünes Kleid, was jedoch ihren lieblichen Körper nicht verstecken konnte. Er benötigte weder seinen ausgeprägten Geruchssinn noch sein Gehör, um zu wissen, was die Männer wollten. Die Frau war jung und schön. Zudem besaß sie eine besondere Aura, deren Reinheit und Intensität sie förmlich erstrahlen ließ. Trotz der aussichtslosen Situation versteckte sie ihre Angst gut und trat ihren Verfolgern mit erhobenem Haupt entgegen. Es war beeindruckend, dass sie bereit war zu kämpfen und die Männer sogar noch verspottete.

Nur schade, dass sie dafür wohl teuer bezahlen wird. Lucien konnte seine Faszination und auch eine gewisse Achtung für sie nicht leugnen. Es war selten, dass sich eine Frau gegen Männer behauptete und sich nicht einfach unterdrücken ließ, wie es nach den Regeln der Gesellschaft erwartet wurde. Sein Blick wanderte über ihren Körper und er stellte sich vor, was sie noch so alles mit diesem vorlauten Mund tun könnte. Ein anderer Hunger erwachte zum Leben, den er nur zu gern stillen wollte. Lucien zwang seine Augen zurück zu den Männern, die ihre Beute eingekesselt hatten. So, wie sie sich bewegten, war es nicht das erste Mal, dass sie einer Frau auflauerten.

Es wäre allzu schwierig, sie zu verjagen oder zu töten. Er reckte seine fein geschnittenen Gesichtszüge in die Luft und nahm die Witterung auf. Intensive Gefühle, wie Lust oder Angst, gaben dem Blut eine besondere Note. Lucien lächelte, als er bemerkte, wie sich seine Fänge verlängerten. Er wusste, wem er welches Aroma verleihen wollte: Die Angst würde dem Lebenssaft der Männer eine herbe Note geben, während das Blut der Frau nach süßer Lust schmecken würde. Allerdings wäre es ratsam, seinen Blutdurst zuerst an den Angreifern zu stillen, bevor er sich der Frau widmete, sonst hätte er nicht genug Zeit, sich mit ihr zu vergnügen. *Das wäre doch eine große Schande ...*

Während er die Männer betrachtete, starteten sie ihre Attacke auf die Frau. Sie lieferte ihnen einen guten Kampf, war sogar in der Lage, einen von ihnen zu verletzen. Es dauerte dennoch nicht lange, bis sie flach auf ihrem Rücken lag und von zwei Männern festgehalten wurde. Lucien musste bald handeln, wenn er sie unversehrt haben wollte.

Abigail starrte wütend auf die Männer über ihr. Es verletzte ihren Stolz, dass sie sie so schnell überwältigt hatten, aber das wäre ihre geringste Sorge, *falls* sie das hier überleben sollte.

„Ihr seid *so* mutig. Drei Männer gegen eine kleine Frau. Hattet ihr Angst, dass ihr allein gegen mich verlieren würdet?“, schleuderte sie den Männern entgegen.

Als Antwort schlug Callum ihr kräftig ins Gesicht und für einen Moment sah Abbie Sterne. Sie wehrte sich dennoch gegen den festen Griff, der sie am Boden hielt. Auf jeder Seite hockte einer dieser Widerlinge und umklammerte ihre Handgelenke. Callum stand schadenfroh über ihr und leckte sich vor Gier die Lippen. Während des Kampfes hatte sie ihren Dolch verloren, allerdings erst, nachdem sie Callums Arm aufgeschlitzt hatte. Jetzt war er wirklich sauer.

„Verrückte Hexe! Wenn ich mit dir fertig bin, wirst du dir wünschen, dass du niemals geboren worden wärst“, drohte er.

Panik stieg in Abbie auf, aber sie würde ihnen nicht die Befriedigung geben und es zeigen. „Zur Hölle mit euch!“, zischte sie und spuckte ihm ins Gesicht.

Callum holte aus, um sie wieder zu ohrfeigen. Abbie schloss ihre Augen und versuchte, sich gegen den Schmerz zu wappnen. Doch der Schlag kam nicht, stattdessen spürte sie einen kalten Windhauch, der über ihren Körper fuhr. Verwundert öffnete sie die Augen und das Blut gefror in ihren Adern.

Ihr Peiniger schwebte wenige Schritte von ihr entfernt in der Luft und wurde von einem kräftigen Arm umklammert. Im nächsten Moment wurde sein Kopf zur Seite gerissen und die dunkle Gestalt hinter ihm vergrub ihre Fänge in seinem Hals. Alles ging so schnell, dass Abbie nur die roten Augen und die großen Reißzähne in einem schwarzen Nebel zu sehen bekam. Während Callum um sein Leben kämpfte, konnte sie erkennen, dass schulterlange, dunkle Haare das Gesicht des Vampirs verhüllten. Kalte Angst durchfuhr sie. Wenn ein starker Mann schon keine Chance gegen diese Kreatur hatte, dann war sie definitiv verloren. Sie versuchte erneut, sich aus dem Griff der anderen Rüpel zu befreien, und schaffte es diesmal tatsächlich. Rob und Pete waren so schockiert von dem Anblick, der sich ihnen bot, dass sie sie ganz vergessen hatten. Abbie kroch von den Männern und dem Monster weg und stand schließlich auf wackligen Beinen. Einen Augenblick überlegte sie, ob sie ihren Dolch holen sollte, der neben den Männern lag, aber da ließ das Monster den leblosen Körper von Callum fallen. Sie wirbelte herum und rannte um ihr Leben.

Lucien leckte sich das Blut von den Lippen und beobachtete die zwei verbliebenen Menschen. Die Frau war so geistesgegenwärtig gewesen, sich aus ihrem Griff zu befreien und zu fliehen. Die beiden Männer waren jedoch noch immer erstarrt. Ihre kleinen Gehirne schienen nicht begreifen zu können, dass ihr ‚schöner' Plan mit der Vergewaltigung gescheitert war.

„Was? Seid ihr es nicht gewohnt, jemanden zu treffen, der stärker ist als ihr?“, fragte Lucien spöttisch und machte einen Schritt auf sie zu.

Das schien sie aus ihrer Starre zu lösen, aber zu spät. Lucien packte beide im Genick und schlug ihre Köpfe gegeneinander. Dann ließ er die bewusstlosen Männer achtlos auf den Boden fallen. Für den Augenblick war sein Blutdurst gestillt, aber er wollte sich die Gelegenheit auf einen weiteren Happen nicht entgehen lassen. Sich jetzt an ihnen zu leben, würde zu lange dauern. Dann wäre die junge Frau außerhalb seiner Reichweite und das wollte er unter allen Umständen verhindern, deswegen fesselte er die Rüpel an einen Baum. Leichtfüßig sprang er über die zusammengesunkenen Gestalten und machte sich lautlos an die Verfolgung.

Abigail rannte, so schnell wie sie konnte, doch die Dunkelheit machte es ihr schwer, sich zu orientieren. In ihrer blinden Panik hatte sie den Pfad zu ihrer Hütte verfehlt und war in den Wald gelaufen. Gebüsch und Wurzeln hinderten sie am Vorankommen und brachten sie schließlich zu Fall. Schnell rappelte sie sich wieder hoch, aber da stellten sich ihre feinen Nackenhärchen auf. Abbie wusste, dass sie nicht mehr allein war. Vorsichtig sah sie sich um und versuchte herauszufinden, aus welcher Richtung ihr Angreifer kommen würde. Sie war sich sicher, dass es diesmal nicht die Männer waren, denn außer dem Gefühl der Vorahnung gab es kein Anzeichen, dass sich jemand im Wald bewegte. Alles war still, zu still. Die Vögel waren schon lange verstummt. Auch alle anderen Tiere hatten sich versteckt und schienen den Atem anzuhalten. Eine verschwommene Bewegung zu ihrer Linken ließ sie herumfahren und ihr Herz setzte für einen Schlag aus.

Der Vampir hatte sie gefunden ...

2. Kapitel

Lucien sprang elegant von dem Ast, auf dem er gesessen und sein Opfer beobachtet hatte. Es war ein Leichtes gewesen, dem Geruch der jungen Frau zu folgen und an ihr vorbeizuhuschen. So konnte er genüsslich dabei zusehen, wie sie direkt in seine Arme lief.

Sie hatte etwas Faszinierendes an sich, was ihn magisch anzog. Langsam schritt er auf sie zu und verfolgte belustigt, wie sie rückwärts ging. Selbst jetzt wollte sie sich nicht geschlagen geben. *Bewundernswert*, dachte Lucien. Die meisten Menschen erstarrten bei seinem Anblick oder flohen kopflos. *Diese dummen Leute glaubten doch wirklich, dass sie mich abschütteln könnten.* Dabei war es gerade die Jagd, die Geschöpfe wie ihn reizte. Allerdings würde sie ihm nicht entkommen. *Noch ein Schritt ...*

Abigail blickte fassungslos auf den Vampir, der bedrohlich ruhig auf sie zukam. Sie machte einen weiteren Schritt nach hinten und prallte gegen etwas Hartes. Ihren Feind nicht aus den Augen lassend, tastete sie hinter sich, spürte jedoch nur Rinde und Moos. Nichts, was sie als Waffe benutzen könnte.

Jetzt bin ich verloren, dachte sie verzweifelt und beobachtete ihn.

Das fiel ihr überraschenderweise nicht so schwer. Das Monster verbarg sich in Gestalt eines gut aussehenden Mannes, der mindestens einen Kopf größer war als sie. Er trug schwarze Kleidung, die auf einen gewissen Reichtum schließen ließ und es ihm ermöglichte, mit den Schatten zu verschmelzen. Der Vampir bewegte sich mit einer unleugbaren Eleganz, die jedoch nicht vertuschen konnte, dass es sich bei ihm um ein Raubtier handelte. Als er nah genug war, um Details zu erkennen, sog Abbie die Luft zischend ein. Er hatte das Gesicht eines Engels mit glatter Haut, ebenmäßigen Gesichtszügen, sündigen Lippen, und Augen von einem dunklen Blau. Sein leicht gewelltes Haar reichte ihm bis zu seinen Schultern und war rabenschwarz. Je näher er kam, desto schneller schlug ihr Herz, allerdings nicht nur vor Angst. Diese Kreatur der Nacht war mit Abstand der attraktivste Mann, der ihr begegnet war. Nur leider war er kein Mann und würde sie töten ...

Fasziniert verfolgte Lucien jede Regung, die sich in ihrem hübschen Gesicht zeigte. Es war interessant, ihre Überraschung zu beobachten, während er ihr immer näher kam. Einen Schritt von ihr entfernt blieb er stehen und ließ seinen Blick genüsslich über ihren Körper schweifen. Unter dem Saum ihres Kleides schauten zierliche Füße in einfachen Schuhen hervor. Ihre schlanken Beine zeichneten sich unter dem dunklen Stoff ebenso deutlich ab wie ihre leicht gerundeten Hüften. Seine Aufmerksamkeit verweilte einen Moment auf ihren Brüsten, die sich mit jedem Atemzug hoben und senkten. Der Ausschnitt ihres Gewandes zeigte ein verführerisches Dekolleté und ließ einen Teil der Schultern sowie ihren zarten Hals frei. Ihr feuerrotes Haar ringelte sich in seidigen Locken und reichte fast bis zu ihrem Gesäß. Luciens Finger wollten sich in ihre Mähne wühlen und über ihren eleganten Hals streichen. Sein Blick wanderte zu ihren Augen, die von einem faszinierenden Grün waren und von dichten, dunklen Wimpern umrahmt wurden. Die rötlichen Augenbrauen darüber waren zart geschwungen und auf ihrer kleinen Nase saßen ein paar Sommersprossen. *Lecker.*

Er überbrückte den Abstand zwischen ihren Körpern und drängte sie leicht gegen den Baum. Geschickt platzierte er beide Hände neben ihrem Kopf auf der Rinde und beugte sich zu ihr herunter. Ihre Haut verströmte einen angenehmen, blumigen Duft, wie Rosen. Lucien schnüffelte an ihr. Neben ihrer Furcht konnte er noch etwas anderes wahrnehmen: einen Hauch von Erregung. *Das ist interessant ...* Lucien war in der Lage, Menschen in seinen Bann zu ziehen, bisher hatte er bei ihr von dieser Fähigkeit jedoch noch keinen Gebrauch gemacht.

Abbie erstarrte, als sein Körper den ihren berührte. Es war nicht das erste Mal, dass ein Mann versuchte, sich ihr aufzudrängen, und doch fühlte es sich anders an. Zwar bedrängte er sie, presste sie jedoch nicht gewaltsam gegen den Baum. Ihr Herz schlug schneller und ihr Leib prickelte an Stellen, die sie bisher immer ignoriert hatte. Trotz ihrer Angst und der Gefahr fühlte sie sich zu ihm hingezogen. Im Geiste nannte sie sich einen Dummkopf und verfluchte ihr Schicksal. *Bin ich etwa einer Vergewaltigung entkommen, um der nächsten zum Opfer zu fallen? Nur, dass es sich diesmal um einen Vampir handelt und ich ihn trotz allem anziehend finde?*

Als Heilerin wusste sie, wie die Kinder entstanden, die sie in die neue Welt begleitete. Zudem war sie einmal über ein Pärchen gestolpert, das sich zu einem Stelldichein im Wald getroffen hatte. Die Bewegungen waren eindeutig gewesen und die beiden hatten offensichtlich Gefallen an dem, was sie taten. Damals war sie mit hochrotem Kopf so leise wie möglich in den Wald geflohen. Abbie sehnte sich nach der liebevollen Berührung eines Mannes. Ihr war jedoch bewusst, dass dies nicht der richtige Zeitpunkt für romantische Träumereien war. Es würde an ein Wunder grenzen, wenn sie diese Konfrontation überlebte. Doch sie würde sich nicht kampflos ergeben. Trotzig reckte sie das Kinn in die Höhe und schaute dem Vampir in die Augen. Schnell bemerkte sie, dass das ein Fehler war. Verlangen sprach aus seinem Blick und Abbie hatte das Gefühl, als wollte er sie mit Haut und Haar verschlingen. Ihr verräterischer Körper erschauderte und sie sah, wie sich ein Lächeln auf seinem Mund ausbreitete.

Lucien spürte ihr Verlangen und ihren Kampfgeist. *Diese Frau ist wirklich erstaunlich und verdammt verführerisch.* Er war froh, dass er sich zuerst an einem ihrer Verfolger gelabt hatte. So lenkte sein Blutdurst ihn nicht von ihrem Geruch und dem kleinen, warmen Körper ab, der so willig auf ihn reagierte. Er nahm eine Hand von dem Baum und umfasste ihr trotzig vorgerecktes Kinn. Ihre Augen musterten ihn ängstlich, dennoch konnte sie ihre Erregung nicht verbergen. Es war schon eine Weile her, seit er das letzte Mal eine junge Frau verführt hatte, aber sein Hunger nach ihr wollte gestillt werden - auf jede erdenkliche Art und Weise. Er hob ihr Gesicht sanft an und küsste ihre einladenden, vollen Lippen.

Als er sie anfasste, erstarrte Abigail. Hitze durchfuhr sie und weckte tief in ihr eine Sehnsucht, welche ihren Verstand vernebelte. Seine Berührungen waren überraschend sanft, sein Mund fordernd, aber nicht brutal. Sie spürte sein Verlangen deutlich, sowohl in dem Kuss als auch an der Härte, die sich gegen ihren Bauch presste. Bisher war das immer der Zeitpunkt gewesen, an dem sie versucht hatte, sich aus der Gewalt des Mannes zu befreien. Aber dieser Dämon, der vor ihren Augen einen Mann getötet hatte, entfachte ein Feuer in ihr, das sie zu verbrennen drohte. Sie zuckte erschrocken zurück, als sich seine Zunge zwischen ihre Lippen drängte, aber dann gab sie nach.

Was habe ich denn zu verlieren?, fragte sie sich. *Wenigstens ist er nicht hässlich oder stinkt und bisher hat er sich besser benommen als alle Männer vor ihm.* Vielleicht konnte sie noch einen glücklichen Moment erhaschen, bevor sie starb. So unglaublich es auch war.

Lucien spürte den Augenblick, in dem sie sich ihm ergab. Ihre zierliche Gestalt verlor etwas von ihrer Anspannung und er kostete es in vollen Zügen aus. Es war deutlich, dass sie bisher von keinem Mann richtig geküsst worden war. Zwar konnte er sie dazu bewegen, ihren Mund zu öffnen, doch sie wusste nicht, was sie tun sollte. Ihre Unschuld war bezaubernd und brachte ihn aus irgendeinem Grund dazu, vorsichtig mit ihr zu sein. Vampire waren der körperlichen Liebe nicht abgeneigt, ganz im Gegenteil, aber sie nahmen, was sie wollten, und gaben nie. Irgendetwas an ihr rührte einen Teil, der eigentlich vor langer Zeit gestorben war. Lucien beendete den Kuss und sah sie an. Dann tat er etwas, was er in seiner langen Existenz als Vampir noch nie getan hatte.

„Wie heißt du?“, fragte er.

„A-Abi-gail“, stotterte sie.

„Das ist ein schöner Name für eine bezaubernde Frau", murmelte er, strich ihr Haar zurück und fuhr mit seinem Mund an ihrem Hals entlang. Ihre Haut war unglaublich zart und er konnte deutlich ihren Lebenssaft darunter spüren. Mit den Zähnen schabte er ganz leicht über ihre kräftig pulsierende Schlagader, allerdings ohne sie zu verletzen. Das entlockte ihr ein kleines Seufzen. Sobald Blut floss, wäre es schwer, sich zu kontrollieren, und er hatte noch so viel mit ihr vor.

„Weißt du, was ich bin?"

„Ja", brachte sie mit atemloser Stimme hervor.

„Hast du Angst vor mir?"

Ein Zittern ging durch ihren Körper. „Ja ..."

„Gut. Ich *bin* gefährlich."

Lucien umfasste ihren Hinterkopf und sah sie an, während seine andere Hand über ihren Hals zu ihrem Ausschnitt glitt und schließlich ihre Brust berührte. Seine Finger begannen, sie durch den Stoff hindurch zu liebkosen, und Abigails Augen wurden groß. Ein kleines Stöhnen entwich ihren Lippen und der Geruch ihrer Erregung verdrängte ihre Angst. Lucien küsste sie wieder und lachte dann leise.

„Weißt du, es macht mehr Spaß, wenn du mitmachst, Abigail."

Abbie schluckte und sah ihn an. „Was … was willst du von mir?", flüsterte sie.

Lucien lächelte. „Ich denke, das ist eindeutig, Mädchen. Ich will dich."

Sie spürte, wie ein weiterer Schauer durch ihren Leib ging, allerdings hatte der nichts mit ihrer Angst zu tun. Dem Blitzen seiner Augen und dem raubtierhaften Lächeln nach wusste er das. Seine Finger streichelten ihren Nacken, während seine andere Hand geschickt die Verschnürung ihres Kleides öffnete. Sie hob ihre Hand, um ihn davon abzuhalten, doch er küsste sie wieder und Abbie griff stattdessen haltsuchend in den Stoff seines Ärmels.

Als sein Mund sie diesmal berührte, folgte sie ihren Instinkten und erwiderte den Druck seiner Lippen. Er zog sie näher an sich und vertiefte den Kuss. Ein unbeschreiblich sinnliches Gefühl erfasste sie, als seine Zunge mit ihrer spielte. Als er sich neckend zurückzog, folgte sie ihm und erkundete seinen Mund.

Sein Geschmack war eindeutig betörend. So wie sein Geruch, der sauber und zugleich männlich war. Unterbewusst nahm sie wahr, wie sich die Verschnürung ihres Kleides lockerte und der Stoff über ihre Schultern rutschte, bis nur noch ein dünnes Hemdchen ihre Blöße notdürftig bedeckte. Als seine Hand in den weiten Ausschnitt glitt und ihre unbedeckte Brust berührte, erzitterte sie. So hatte sie noch kein Mann angefasst. Sie konnte nicht leugnen, dass sie ihrem Verlangen zum Opfer fiel und auf seine geschickte Verführung einging. Aber eines musste sie noch wissen. Sie hob den Kopf und schaute ihn an.

„Wer bist du?“, flüsterte sie.

Er strich ihr über die Wange und meinte: „Ich heiße Lucien.“

„Lucien“, murmelte sie und die Art, wie sie seinen Namen aussprach, verursachte ihm einen wohligen Schauer. Diese Frau weckte lang verloren geglaubte Emotionen in ihm. Er war in der Stimmung zu erkunden, was noch alles geschehen würde, jedoch nicht hier im Wald. Nach dem Vorfall mit den Männern wusste er, dass er nicht der Einzige war, der ein Auge auf sie geworfen hatte. Lucien wollte nicht unterbrochen werden, wenn er sich mit ihr vergnügte. Außerdem würde sie sich im Schutze ihres Heimes bestimmt wohler fühlen. Kurzerhand zupfte er ihr Kleid zurecht, nahm sie dann auf seine Arme und fragte: „Wo wohnst du?“

Abbie wusste nicht, warum sie ihm antwortete oder weshalb ihre Angst vor ihm nachgelassen hatte. „Nicht weit von hier steht eine kleine Hütte.“

Lucien nickte. Auf seinen nächtlichen Streifzügen hatte er das kleine Cottage im Wald bemerkt, jedoch nie etwas von Abigail gespürt. Das war eigenartig.

„Ich weiß, wo sie liegt.“

Schnellen Schrittes trug er sie dorthin.

Abigail lehnte sich gegen seine Brust und konnte nicht fassen, was sie tat. *Habe ich gerade wirklich einem Vampir gesagt, wo ich wohne?* Allerdings war das nebensächlich, schließlich hatte sie zugelassen, dass er sie küsste und intim berührte, und es genossen. Wahrscheinlich war sie verdammt, aber es fühlte sich so gut an, von ihm gehalten zu werden.

Viel Zeit zum Grübeln hatte sie jedoch nicht, denn schon bald standen sie vor ihrer kleinen Hütte. Lucien ließ sie an seinem Körper hinabgleiten, bis sie auf unsicheren Füßen vor ihm stand und schüchtern ihr Kleid vor der Brust zusammenraffte.

Er küsste sie und flüsterte an ihren Lippen: „Bitte mich herein, Abigail.“

Eine Stimme in ihrem Kopf warnte sie davor. Lucien spürte ihr Zögern und küsste sie erneut.

„Bitte mich herein und ich zeige dir den Himmel.“

Sie schluckte und versuchte einen klaren Gedanken zu fassen, was dank seiner streichelnden Hände auf ihrem Leib schwierig war. Theoretisch war das ihre Gelegenheit, vor ihm zu fliehen, wenn sie schnell genug wäre und in ihr Häuschen gelangte.

„Ich, ich kann nicht“, brachte sie schwach hervor. Luciens Hand umfasste ihr Gesäß und presste sie an sich, gleichzeitig knabberte er an ihrem Hals.

„Doch. Du kannst und du willst.“

Abbie erschauderte. „Du wirst mir meine Unschuld nehmen ...“, flüsterte sie.

Lucien lächelte an ihrer Haut.

„Ja, das werde ich.“

Die ungewohnten Empfindungen, die er in ihr auslöste, machten es schwer, bei Verstand zu bleiben.

„Und ... und mein Leben“, flüsterte sie atemlos.

Er küsste sie und sah ihr dann in die Augen.

„Vielleicht ... Doch sei dir bewusst, dass ich beides auf der Stelle tun könnte, ohne dass du es verhindern könntest.“

Sie wusste, dass er recht hatte. Egal, was sie versuchte, wenn er beschloss, sich ihr aufzudrängen, dann wäre sie machtlos.

„Warum tust du es dann nicht?“

„Ich weiß es nicht“, antwortete er ehrlich und ein wenig ratlos. „Ich möchte dir nicht wehtun ...“

Das war eine interessante Aussage von einem Vampir, der vor Kurzem einen Mann getötet und sie dann verfolgt hatte. Als sie in seine Augen blickte, erkannte sie sein Verlangen nach ihr, aber auch eine unerwartete Zärtlichkeit. Das war ihr Untergang. Abbie schlang ihre Arme um seinen Hals und küsste ihn.

„Tritt ein, Lucien“, flüsterte sie.

Dieser erwiderte den Kuss und trug sie in ihr bescheidenes Heim. Drinnen angekommen, verriegelte er die Tür und setzte Abigail auf dem Bett ab. Für ihn war es kein Problem, sich in der Dunkelheit zurechtzufinden, aber er wusste, dass sie etwas Licht und auch Wärme brauchte. Er runzelte die Stirn. Der Herd war kalt und leer. Neben ihm stand ein Korb mit Holz und Reisig. Schnell machte er sich daran, es in den Kamin zu stapeln, und entzündete schließlich das Feuer.

„Du bist in den letzten Tagen nicht zu Hause gewesen.“

Das war mehr Feststellung als Frage, aber Abbie antwortete trotzdem.

„Ja, ich war im Dorf und habe mich um einen kranken, kleinen Jungen gekümmert.“

Das würde erklären, warum er sie nicht hatte spüren können. Aus ihren Worten hörte er ehrliche Sorge und auch eine gewisse Einsamkeit.

„Hast du denn niemanden, der sich um dich kümmert?“, fragte er.

Abbie sah ihn erstaunt an. „Nein, es gibt nur noch mich. Meine Eltern sind tot.“

Lucien erinnerte sich daran, wie die Männer sie verfolgt und behandelt hatten. Die aufflackernde Wut überraschte ihn ebenso wie der Drang, Abbie beschützen zu wollen. Er sah zu ihr und hörte ihr erschrockenes Keuchen.

„Deine Augen ...“, flüsterte sie.

Er drängte seinen Rachedurst zurück und konzentrierte sich auf die verlockende Frau, die unsicher auf ihrem schmalen Bett saß. Langsam ging er zu ihr und erkannte deutlich, dass seine Transformation sie erschüttert hatte.

„Warum verändern sich deine Augen?“, fragte sie mit zitternder Stimme.

„Der Blutdurst bringt den Dämon in mir zum Vorschein“, antwortete er. „Meine Augen werden rot und die Eckzähne verlängern sich.“

„Jetzt sind sie wieder normal. Heißt das, du wirst mich nicht töten?“

„Ich weiß es nicht. Im Moment möchte ich andere Dinge von dir.“

Lucien setzte sich zu ihr und vergrub eine Hand in ihren seidigen Locken. Sanft zog er sie an sich. Abbie erschauderte, sein Körper strahlte unbändige Kraft und auch eine gewisse Gefahr aus. Es war erschreckend zu sehen, wie schnell er sich von dem anziehenden Mann, der sie geküsst hatte, in das Monster verwandeln konnte, welches Callum ohne Gnade getötet und dann einfach fallen gelassen hatte. Das änderte jedoch nichts an der Sehnsucht, die er in ihr entfachte.

„Wenn du mich tötest, dann lass mich bitte nicht unnötig leiden.“

Ihre Bitte rührte ihn. Sie flehte nicht um ihr Leben und wies ihn auch nicht ab.

„Ich verspreche es dir.“

Mit diesen Worten beugte er sich zu ihr hinab und küsste sie. Es dauerte nicht lange, bis Abbie ebenbürtig auf den leidenschaftlichen Ansturm reagierte. Lucien liebkoste ihr Kinn, ihren Hals und arbeitete sich über ihr Schlüsselbein hinab. Ihre weiche Haut faszinierte ihn und sorgte auch dafür, dass er sich zügelte. Sie war die Berührung eines Mannes nicht gewohnt und würde zwangsläufig Schmerzen empfinden, wenn er sein Verlangen an ihr stillte. Bis dahin konnte er ihr Lust schenken. Sorgsam öffnete er die letzten Schnürungen, die das Kleid zusammenhielten, und zog sie auf die Füße. Das Kleidungsstück fiel zu Boden und enthüllte ein dünnes Untergewand, was Abbies Blöße vor ihm versteckte. Der zarte, weiße Stoff betonte ihre Unschuld und war trotz seiner Einfachheit verführerischer als so manches anzügliches Gewand, das er zu sehen bekommen hatte. Lucien ließ den Blick über ihre Figur schweifen. Das Unterkleid verbarg ebenso viel, wie es zeigte. Im Feuerschein wirkte es beinahe durchsichtig.

Abigail zitterte bei dem hungrigen Ausdruck seiner Augen, mit dem er ihren Körper betrachtete. Sie wusste, dass sie sich eigentlich mit Händen und Füßen gegen ihn wehren sollte, aber sie war machtlos gegen die herrlichen Gefühle, die er in ihr auslöste. Wenn er sie küsste, dann verschwand alles um sie herum und nur noch seine Berührungen zählten. Lucien kam näher und eroberte ihren Mund. Gleichzeitig strich eine seiner Hände über den leichten Stoff und umfasste ihre Brust. Er löste seine Lippen von ihren und senkte seinen Kopf. Im nächsten Augenblick wollte Abbie wegzucken, doch er hielt sie an Ort und Stelle, während er durch den Stoff hindurch an ihrer Knospe saugte. Sein Mund jagte kleine Schauer der Lust durch ihren Leib und Abbie spürte, wie sich eine Sehnsucht tief in ihr ausbreitete. Nur am Rande nahm sie die Geräusche wahr, die er ihr entlockte. Lucien drängte sie zurück auf das Bett und zog sie auf seinen Schoß. Dort bekam sie einen ersten Eindruck von seiner Männlichkeit und versuchte, nicht in Panik zu geraten. Sie hatte diesen Teil der männlichen Anatomie schon bei ihren Patienten gesehen, aber das war nicht vergleichbar mit dem, was sie jetzt erwartete. Sie rutschte ein wenig hin und her, um eine bequemere Position zu finden, und brachte sie beiden zum Stöhnen.

„Wenn du so weitermachst, kann ich für nichts garantieren“, warnte er mit rauer Stimme. Seine Hand fuhr über ihren Oberschenkel und dann unter ihr Unterkleid. Langsam schob er es immer höher und näherte sich ihrer Weiblichkeit. Lucien konnte ihre Erregung deutlich riechen und war erfreut über die Feuchtigkeit, die ihn begrüßte, als seine Finger zwischen ihre Schenkel glitten. Abbie erstarrte, als sie ihn dort spürte, doch Lucien küsste sie und begann vorsichtig, sie zu liebkosen. Schnell entspannte sie sich unter seinen begabten Händen und ihr Körper flehte nach mehr.

„Bitte“, stieß sie hervor, wenngleich sie nicht sicher war, worum genau sie bat. Sie wusste nur, dass sie bald zerspringen würde, wenn er nicht etwas dagegen unternahm. Lucien schob sie von seinem Schoß und zog ihr mit einer schnellen Bewegung das Gewand aus. Im nächsten Moment fand sich Abbie mit dem Rücken auf ihrem Bett liegend wieder - mit einem erregten, aber vollständig angezogenen Mann auf ihr.

„Ich will dich spüren“, flüsterte sie und begann, sein Hemd hochzuschieben. Ungeduldig entledigte Lucien sich seiner Kleidung und sank zurück ins Bett. Auf einen Arm gestützt betrachtete er ihren schlanken Leib. Sie war klein, aber hatte Rundungen, die ihm das Wasser im Mund zusammenlaufen ließen. Ihre Brüste waren fest und schmiegten sich perfekt in seine Handflächen. Er ließ den Blick über ihren flachen Bauch gleiten, bis zu dem Dreieck roter Locken, welches ihre Scham bedeckte. Seine Finger strichen über ihre warme Haut und folgten seinem Blick, bis sie schließlich in den weichen Haaren zwischen ihren Beinen versanken und ihr ein Stöhnen entlockten.

Abbie errötete unter seiner aufmerksamen Musterung und wagte nicht, seinen Körper zu betrachten. Es war das erste Mal, dass ein Mann sie unbekleidet sah, und noch nie war ihr eine ebenfalls unbekleidete Person so nahe gewesen. Der Drang, sich zu bedecken, war beinahe übermächtig. Das Verlangen in seinen Augen und nicht zuletzt seine talentierten Finger verscheuchten allmählich ihre Schüchternheit. Abigails Leib stand bald in Flammen. So viele unterschiedliche und unbekannte Empfindungen strömten auf sie ein.

Zwischen Furcht und Neugier hin- und hergerissen betrachtete sie Lucien. Was da aus seiner Körpermitte hervorragte erschien unglaublich groß. Der Gedanke, dass er damit in sie eindringen wollte, machte ihr Angst. Auf der anderen Seite musste das irgendwie möglich sein, sonst gäbe es keine Kinder.

Trotzdem traute sie sich nicht, zu lange auf diesen Teil von ihm zu blicken. Ihre Hände strichen stattdessen neugierig über seine Schultern und nach Ermunterungen von Lucien auch über seinen muskulösen Bauch und berührten schließlich zaghaft seine Männlichkeit. Sie hörte, wie der Vampir zischend Luft holte, und zog schnell ihre Finger zurück.

„Nein, fass mich ruhig an“, meinte er mit rauer Stimme. Mit seiner Hand über der ihren führte er sie und ließ sie seinen Schaft umschließen. Dann zeigte er ihr, wie sie ihm Vergnügen bereiten konnte. Seine Beschaffenheit zog Abbie in den Bann. Weiche Haut umschloss einen harten Kern von beachtlicher Größe. Ein wenig Angst hatte sie schon davor, denn sie konnte sich nicht wirklich vorstellen, wie er in sie passen sollte. Allerdings half es ihr, sich mit diesem

Teil von ihm zu beschäftigen, um ihre jungfräulichen Ängste zu überwinden. Eine kurze Weile durfte sie ihn berühren, bis er sich ihr entzog.

„Genug."

Er schob ihre Knie auseinander und positionierte sich zwischen ihnen. Dann fing er wieder an, sie zu küssen und zu streicheln, bis Abbie meinte, explodieren zu müssen.

„Lucien", flehte sie, während ihr Körper hilflos zuckte. Einer seiner Finger schob sich in sie und bereitete sie vor.

„Es tut mir leid, Liebes, aber das wird wehtun", sagte er, als er seinen Finger durch etwas viel Größeres ersetzte.

Abigail wusste, was kommen würde. „Bitte, mach schnell."

Lucien holte einmal tief Luft und glitt in ihre feuchte Enge, bis er auf ihre jungfräuliche Barriere stieß. Er spürte, wie sie sich leicht unter ihm verkrampfte und lenkte sie mit feurigen Küssen ab. Als sie sich endlich entspannte, zog er sich zurück und stieß dann tief in sie. Sein Mund fing ihren Schmerzensschrei auf und er verharrte einen Moment in dieser Position.

„Ist der Schmerz vergangen?", fragte er. Abbie nickte und Lucien fing langsam an, sich zu bewegen. Sorgsam schürte er erneut ihr Verlangen. In ihr zu sein, fühlte sich verdammt gut an. Seine wilde Seite wollte sie schnell und hart nehmen, aber er hielt sich zurück. Sie war noch zu unbedarft, um seine ungezügelte Leidenschaft aushalten zu können.

Abigail wusste nicht, wie ihr geschah. Nichts in der Welt hätte sie auf diesen Moment vorbereiten können. Sie hatte schon viele Geschichten darüber gehört, wie es war, wenn ein Mädchen zur Frau wurde. Oftmals waren es beängstigende Erzählungen von großen Schmerzen und Blut, ergänzt durch die Bemerkung, dass die Männer nur ihr eigenes Vergnügen interessierte.

Das Gefühl von ihm tief in ihr war unbeschreiblich. Lucien war ein erstaunlich zärtlicher, aufmerksamer Liebhaber. Niemals hätte sie gedacht, dass sie so großes Glück empfinden könnte. Mit jedem Stoß befeuerte er ihre Leidenschaft und steigerte ihr Vergnügen, bis es beinahe schmerzhaft war. Abbie befürchtete, sterben zu müssen, wenn es nicht bald aufhörte.

„Bitte", keuchte sie atemlos und wölbte sich ihm entgegen.

Lucien war selbst nah daran, die Kontrolle zu verlieren. Nie hatte er solches Vergnügen empfunden, wenn er mit einer Frau geschlafen hatte. Er eroberte ihren Mund und trieb sie schließlich über den Rand. Als ihr Körper unter ihm bei ihrem Höhepunkt zu zucken begann, war es um ihn geschehen. Mit einem letzten Stoß vergrub er sich tief in ihr und biss sie.

Abigail durchzuckte ein stechender Schmerz, als seine Zähne in ihre Haut eindrangen. Sobald er jedoch anfing, an ihrem Hals zu saugen, wurde sie von einer neuen Welle der Leidenschaft davongetragen.

Lucien war von ihrem Geschmack gefesselt. In seiner langen Existenz als Vampir hatte er noch nie etwas derart Wohlschmeckendes gekostet. Ihr Blut war rein und trug das Aroma ihrer Erregung sowie den leichten Rosenduft ihrer Haut in sich. Er zwang sich, kleine, langsame Schlucke zu nehmen, um ihr nicht zu schaden. Schließlich zog er sich aus ihr zurück und rollte sich zur Seite, ohne sie loszulassen. Fast bedächtig leckte er über ihre Wunde, um sie zu verschließen, und schaute Abbie ins Antlitz. Sie hatte die Augen geschlossen, ihre Wangen waren gerötet und ihre Lippen leicht geschwollen. Einer Eingebung folgend, streichelte er über ihre Lippen und gab ihr einen sanften Kuss. Ihm stockte der Atem, als sie die Augen öffnete und ihn ansah. Sie leuchteten vor Glück und anderen tiefen Emotionen, die er nicht benennen konnte. Ein schüchternes Lächeln breitete sich auf ihrem Mund aus. Würde sein Herz noch schlagen, dann wäre es in diesem Moment bestimmt stehen geblieben.

Abigail hob ihre zarte Hand an sein Gesicht und ihr Herzschlag beschleunigte sich, als er die Lider schloss und sich ihrer Liebkosung hingab. *Wer hätte ahnen können, dass ich ausgerechnet in den Armen eines Vampirs so großes Vergnügen empfinden würde?* Sie spürte jedoch, dass es noch viel mehr war. An seiner erstaunten Miene konnte sie ablesen, dass es ihm ähnlich ging und dieser Gedanke wärmte sie von innen heraus. Sie ließ den Blick über den mit Abstand prächtigsten Leib schweifen, den sie in ihrem Leben gesehen hatte. Seine Haut war blass und etwas kühler als ihre eigene, gleichzeitig aber so weich, dass sie nicht aufhören konnte, ihn zu berühren. Die Arme waren ebenso muskulös und wohlgeformt wie der Rest von ihm. Sein Körper strahlte eine unleugbare Kraft und auch einen Hauch von Brutalität aus. Dennoch hatte er sie so vorsichtig und liebevoll gehalten. Das war ein starker Widerspruch zu der gnadenlosen Attacke auf die Männer.

„Was geschieht nun mit mir?“, fragte sie ihn zaghaft.

Lucien öffnete die Augen und blickte sie nachdenklich an. „Nichts“, antwortete er. „Du wirst leben.“

Unwillkürlich fasste sie sich an den Hals. „Du hast mich gebissen“, flüsterte sie.

Er konnte in ihrem Gesicht keinen Vorwurf, nur Überraschung lesen. „Ja, das habe ich. Aber du bist immer noch ein Mensch. So schnell wird man nicht zum Vampir.“
Seine Hand fuhr über ihren Bauch. „Du brauchst auch keine Angst vor anderen Folgen unseres Zusammenseins zu haben. Ich bin nicht in der Lage, dir neues Leben zu schenken.“

Abigail wusste, dass sie darüber erleichtert sein sollte. Bei seinen Worten fuhr jedoch ein überraschender Schmerz durch ihren Leib. Sie sehnte sich danach, sein Kind unter ihrem Herzen zu tragen, auch wenn es ihre Verdammnis wäre. Die tiefen Gefühle, die sie für ihn empfand, verblüfften sie. Abbie machte sich jedoch keine falschen Hoffnungen. Es war unmöglich, dass sie eine Beziehung haben könnten, wie sie es sich erträumte.

Lucien sah das Flackern in ihren Augen und verspürte ähnliches Bedauern. Letzteres führte dazu, dass er zusammenzuckte. Noch vor wenigen Stunden hatte er in ihr nichts weiter als einen netten Zeitvertreib und eine mögliche Mahlzeit gesehen. Doch jetzt fühlte es sich so richtig an, bei ihr zu sein. Sie hatte etwas an sich, das seine menschliche Seite ansprach. Zärtlichkeit, Rücksicht und Bedauern waren Vampiren fremd, ebenso wie der Drang, etwas anderes außer sich selbst zu schützen und zu schätzen. Empfindungen, die eigentlich vor langer Zeit gestorben waren.

„Was machst du nur mit mir?“, murmelte er nachdenklich.

„Ich weiß es nicht.“ Die gleiche Frage hätte sie ihm stellen können. „Aber ich habe auch keine Erfahrung in diesen Dingen“, gab sie zu.

Lucien fand es alles andere als schlimm, dass er ihr erster Mann war. Es war von Bedeutung, dass sie ihm ihre Unschuld geschenkt hatte.

„Glaub mir, das hier war etwas Besonderes“, sagte er und küsste sie. Ihr Herzschlag beschleunigte sich und aus dem sanften Kuss wurde schnell etwas Wilderes. Doch er versuchte, sich zu zügeln.

„Wie geht es dir?“, erkundigte er sich.

Abigail dachte über seine Frage nach. Sie fühlte sich angenehm schläfrig und glücklich. Probehalber bewegte sie sich und bemerkte, dass sie ein wenig wund zwischen den Beinen war. Das überraschte sie nicht, schließlich war er ein großer Mann und sie bis vor wenigen Augenblicken noch Jungfrau. Als sie sich aufsetzte und an sich hinab sah, fiel ihr eine leichte Blutspur an der Innenseite ihres Oberschenkels auf.

„Oh“, hauchte sie.

Lucien folgte ihrem Blick und konnte nicht verhindern, dass sich seine Fänge ausfuhren. Ihr Blut war viel zu köstlich, um es einfach wegzuwaschen. Lucien grinste. *Nebenbei wird ihr das, was ich vorhabe, auch bei der Heilung helfen.* Abbie bekam große Augen, als er sich zwischen ihren Beinen niederließ.

„Was, was hast du vor?“, fragte sie zitternd.

„Ich berausche mich an dir“, meinte er nur und spreizte ihre Beine so weit, dass er dazwischen Platz hatte. Dann beugte er sich zu ihr herunter und fuhr mit der Zunge über die rötlichen Striemen. Ihr Blut hatte eine ähnlich berauschende Wirkung auf ihn wie der starke Wein, den er als Mensch gern getrunken hatte. Hinzu kam noch der erregende Geschmack ihrer Weiblichkeit. Lucien genoss das Zittern, welches durch ihren Körper ging, während er den Beweis ihrer Jungfräulichkeit entfernte. Als er ihre Scham mit seinem Mund berührte, keuchte sie auf und wollte sich ihm entziehen.

„Schsch, keine Angst, das wird dir gefallen“, murmelte er und hielt sie an Ort und Stelle.

Abbie wusste nicht, was sie darauf antworten sollte. Eigentlich hätte es sie abstoßen sollen, zu sehen, wie er ihr Blut von der Haut leckte, aber es hatte eher den gegenteiligen Effekt. Als seine Zunge über ihren empfindlichsten Punkt glitt, entfuhr ihr ein Stöhnen. Ihr Becken zuckte unwillkürlich unter seinem festen, aber keineswegs schmerzhaften Griff. Bald war sie unter dieser süßen Folter nicht mehr in der Lage, einen klaren Gedanken zu fassen. Lucien trieb sie mit Lippen, Zunge und auch seinen Zähnen unaufhaltsam auf den nächsten Höhepunkt zu und genoss es, sie dabei zu beobachten. Sie war so wunderschön, wenn sie sich ihrer Leidenschaft hingab.

Als die letzten Schauer ihren Körper verlassen hatten, streckte er sich neben ihr aus und Abbie kuschelte sich wohlig ermattet an ihn. Lucien nahm sie in seine Arme und fragte sich, womit er sie verdient hatte.

„Ich wusste nicht, dass es so zwischen einer Frau und einem Mann sein kann“, flüsterte sie verwundert.

Da musste er lachen. „Das war noch gar nichts, Abigail.“

Sie sah ihn nachdenklich an. „Du hast schon viele Frauen gehabt, oder?“

Der Gedanke, dass er das Gleiche mit anderen getan hatte, versetzte ihr einen Stich, auch wenn es albern war. Männern stand es frei, sich mit allem zu vergnügen, was mehr oder minder willig war.

Lucien strich über ihre seidige Haarpracht. „Ja, mehr als ich zählen kann. Aber ich kann mich an keine mehr erinnern. Bei der langen Zeit, die ich nun schon auf der Erde wandle, wird vieles irgendwann bedeutungslos." Allerdings würde ihm diese Frau in seinen Armen immer in Erinnerung bleiben, vermutete er.

„Wie alt bist du?", fragte Abbie zögerlich.

„Ich war achtundzwanzig, als ich zum Vampir wurde, und das ist jetzt über hundert Jahre her."

Diese Antwort musste sie erst einmal verwinden. Sie konnte sich nicht vorstellen, wie es war, so lange zu leben. Abigail betrachtete sein Gesicht. Es wirkte keinen Tag älter als achtundzwanzig Sommer und doch strahlten seine Augen eine Weisheit und Härte aus, die für ein wesentlich höheres Alter sprachen. Sie legte den Kopf auf seine breite Brust und wünschte sich, sie könnte einen Herzschlag hören.

„Wie bist du zum Vampir geworden?"

Lucien gab ein freudloses Lachen von sich. „Ich war jung und dumm. Der Sohn einer verhältnismäßig wohlhabenden Familie, der mehr Freiheiten genoss, als ihm guttat." Im Rückblick war es einfach, solche Dinge zu sagen. Damals hatte er das natürlich ganz anders gesehen.

„Sagen wir mal so: Ich habe mich an Orten aufgehalten, die nicht die beste Klientel anzogen und sowohl Frauen als auch dem Wein gut zugesprochen. Als ich mich eines

Abends mehr oder minder aufrecht auf den Heimweg machte, bin ich der falschen Person in die Arme gelaufen."

Mit einem leichten Schaudern dachte er an diese verhängnisvolle Nacht zurück. Obwohl es schon eine Ewigkeit her war, konnte er sich an jedes Detail erinnern. Die kalte Luft eines englischen Wintertages, die unangenehmen Gerüche menschlicher Hinterlassenschaften oder der Menschen selbst und das Wissen, diesmal wirklich einen Krug Wein zu viel getrunken zu haben. Als er schweren Schrittes um die nächste Ecke gehen wollte, ergriff ihn eine finstere Gestalt.

„Ich war zu betrunken, um mich großartig gegen ihn zu wehren. Marius bedauerte das ein wenig. Allerdings war ich noch klar genug, um zu erkennen, dass mein letztes Stündlein geschlagen hatte, und bekam Panik. Ich weiß bis heute nicht, was Marius dazu bewogen hat, mich zu wandeln. Wahrscheinlich war es der Wunsch, sein Schicksal mit jemandem teilen zu können." Nicht, dass Marius irgendwelche zärtliche oder gar sentimentale Regungen hatte.

„Ich war kein sonderlich tugendhafter Mensch und vielleicht geschah mir das Ganze recht. In meiner Existenz als Vampir habe ich schon so viele Leben genommen, dass ich zu Recht als verdammt gelte, jedoch ist Marius noch einmal eine ganz andere Kategorie." Nur ungern erinnerte Lucien sich an die erste Zeit, die er mit seinem Schöpfer verbracht hatte.

„Wir Vampire sind Jäger und der Blutdurst treibt uns an. Starke Gefühle, wie Angst oder Lust, geben dem Blut sein ganz eigenes Aroma. Auch das Alter der Menschen hat durchaus Einfluss. Marius ist gefährlich, selbst für mich und andere unserer Art, und er wollte mich zu einem ebenso grausamen Monster erziehen, wie er es ist. Marius hat eine Vorliebe für Unschuldige. Er liebt es, sie zu zerstören."

Lucien spürte, wie Abbie in seinen Armen erzitterte. Für einen Menschen musste das alles schwer zu ertragen sein.

„Hattest du so etwas auch mit mir vor?", flüsterte sie.

Er nahm ihr Gesicht in seine Hände und küsste sie. „Ich kann nicht leugnen, dass ich dich unter allen Umständen besitzen wollte. Ich bin kein Heiliger, das war ich schon als Mensch nicht. Allerdings habe ich noch nie Gefallen daran gefunden, Menschen unnötig zu quälen. Ich vergehe mich auch nicht an Kindern. Aber da hat jeder seine Vorlieben. Versteh das nicht falsch, Liebes. Ich *bin* ein gewissensloser Jäger, der zu seinem Vergnügen tötet."

Abigail glaubte nicht, dass sie das jemals vergessen könnte. Das Bild von Callums leblosem Körper tauchte wieder vor ihrem geistigen Auge auf. Sie wünschte niemandem den Tod, aber sie verspürte auch kein Mitleid. Wenn Lucien nicht aufgetaucht wäre, dann würde sie jetzt missbraucht und tot im Wald liegen. Ein kalter Schauer rann über ihren Rücken, als sie an das dachte, was die Dreckskerle für sie geplant hatten.

„Ich bin wirklich froh, dass du heute Nacht da warst. Du hast mich gerettet."

Heiße Wut und der unbändige Drang, die Männer für das Geschehene zu bestrafen, loderte in Lucien auf. *Der eine ist viel zu schnell gestorben, aber die anderen werde ich mir noch vorknöpfen.* Diesen Gedanken verdrängte er jedoch erst einmal. Er wollte Abbie nicht verängstigen.

„Meine Absichten waren alles andere als selbstlos", gab er bedauernd zu.

„Ich weiß. Aber wie ich zu dem Zeitpunkt bereits festgestellt habe, bist du wesentlich netter zu mir gewesen als all die anderen Männer, die sich mir aufdrängen wollten. Und du wäschst dich regelmäßig“, fügte sie mit einem Grinsen hinzu.

Nur zu gern hätte er über ihren kleinen Scherz gelacht, allerdings war ihm nach ihrem Geständnis gerade nicht zum Lachen zumute. Er hatte nichts für Männer übrig, die sich einer Frau aufdrängten. Überreden und verführen war eine Sache, derer er sich oft genug schuldig gemacht hatte, aber Vergewaltigung verachtete er zutiefst. Er würde schon noch dafür sorgen, dass diese Bastarde für das bezahlten, was sie mit Abigail vorgehabt hatten.

Weiche Lippen auf seiner Haut rissen ihn aus seinen Racheplänen. Abbies zarte Hände strichen über seine Brust. Dann verteilte sie kleine Küsse auf seinem Oberkörper. Lucien genoss diese Liebkosungen. Es war schon viel zu lange her, dass ihn jemand auf diese Art berührt hatte. Als ihre Finger weiter nach unten wanderten, stoppte er sie. Seine Erregung war nur minimal abgeflaut, nachdem er sie mit dem Mund geliebt hatte. Er besaß auch nur ein begrenztes Maß an Selbstkontrolle.

„Das solltest du lieber lassen, wenn du diese Nacht noch Schlaf finden möchtest“, warnte er sie mit einem leichten Grollen in der Stimme.

Überrascht sah sie auf. „Bleibst du bei mir?“ Sie wollte nicht alleine sein. Es war mehr als wahrscheinlich, dass sie von den weniger schönen Erlebnissen des Abends träumen würde.

„Möchtest du das denn?“, fragte er.

Abbie schluckte. „Ja, wenigstens in dieser einen Nacht will ich nicht alleine sein.“ Ihre Augen spiegelten ihre Einsamkeit wider und er wollte sie noch nicht verlassen.

„Na gut, ich kann aber nur bis kurz vor Sonnenaufgang bleiben.“

„Danke“, flüsterte sie.

Statt einer Antwort zog er sie an sich und küsste sie. „Bist du denn überhaupt schon bereit für eine weitere Lektion in Sachen körperlicher Liebe?“

Als Abbie eifrig nickte, musste er lachen. „Eine wissbegierige Schülerin, wie ich sehe.“

Das war gut, denn er hatte noch viel mit ihr vor.

Kurz vor Sonnenaufgang schlüpfte Lucien aus dem Bett und ließ die verführerische Gestalt von Abbie bedauernd hinter sich. Sie hatten sich in der vergangenen Nacht noch zweimal geliebt, bis sie vor Erschöpfung einschlief. Als Vampir ruhte er nur, wenn die Sonne am Himmel stand, ob er wollte oder nicht. Selbst jetzt schlich sich die Müdigkeit in seinen Körper. Ein deutliches Zeichen dafür, dass er sich auf den Weg machen musste. Geräuschlos zog er sich an und legte noch etwas Holz nach, damit Abbie nicht fror. Dann lehnte er sich über die schlafende, junge Frau, die etwas ganz Besonderes für ihn war, und gab ihr einen letzten Kuss.

„Lucien“, murmelte sie verträumt.

„Schlaf, Liebes“, flüsterte er und strich ihr über die Wange. Abbie seufzte und kuschelte sich in ihre Laken. Lautlos verließ er ihre kleine Hütte und verschwand in der Dunkelheit.

3. Kapitel

Als Abigail am Morgen erwachte, war sie allein in ihrem Bett. Verschwommen erinnerte sie sich an den Kuss, den Lucien ihr gegeben hatte, bevor er verschwand. Beinahe glaubte sie, das alles nur geträumt zu haben. Sie fühlte sich erstaunlich erholt und streckte sich genüsslich. Einige Stellen ihres Körpers schmerzten leicht und ihre Wangen röteten sich bei dem Gedanken daran, was sie beide in der Nacht alles getan hatten. Es war unglaublich, wie zärtlich er zu ihr gewesen war. Lucien wäre auch als Mensch viel stärker als sie gewesen, jedoch hatte er sich zurückgehalten und war auf ihre Bedürfnisse eingegangen.

Abbie stand auf und wusch sich. Dann aß sie ein kleines Frühstück und ging an ihr Tagewerk. Sie sortierte ihre Heiltränke, Salben und Kräutervorräte. Bald müsste sie wieder in den Wald gehen, um neue Kräuter zu sammeln. Im Geiste machte sie sich eine Liste von allem, was sie brauchte, und ging dann zum Dorf. Die ganze Zeit über fragte sie sich, ob sie Lucien wiedersehen würde.

Zügig lief sie den Waldpfad entlang, der die einzige Verbindung zum Dorf bildete, und erschauderte, als sie die kleine Lichtung erreichte. Fast schon erwartete sie, Callums Leiche vorzufinden, aber weder von ihm noch von den beiden anderen Männern war eine Spur zu entdecken. Ihr fiel auf, dass sie vergessen hatte, Lucien zu fragen, was aus Rob und Pete geworden war. Ehrlich gesagt, wollte sie das auch nicht so genau wissen. Es hatte ihr gereicht zu sehen, wie er mit Callum verfahren war. Schnellen Schrittes verließ sie die

Lichtung und erreichte bald das Dorf. Ohne den anderen Bewohnern große Beachtung zu schenken, ging sie zur Hütte, in der Michael mit seinen Eltern wohnte. Die wenigen, die ihr freundlich gesinnt waren, grüßten sie und wurden mit einem Lächeln belohnt. Die Mehrheit allerdings beäugte sie misstrauisch. Abigail wusste nicht, womit sie das verdient hatte, aber sie war es leid zu versuchen, die Leute umzustimmen. Wenn sie krank waren, würden sie angekrochen kommen und danach weiter hinter ihrem Rücken tuscheln.

Als sie vor dem Häuschen stand, sandte sie noch ein schnelles Gebet gen Himmel, dass es dem Jungen besser ging, bevor sie an die Holztür klopfte. Nach einem kurzen Moment öffnete Michaels Mutter Anna die Tür.

„Guten Morgen, ich wollte nach Michael sehen", begrüßte sie die Frau und betrachtete sie aufmerksam. Anna sah müde aus, aber die Sorgenfalten waren aus ihrem Gesicht gewichen.

„Guten Morgen, Abbie. Komm doch rein."

„Hat er die Nacht gut überstanden?", erkundigte sie sich bei Anna, als sie ihr in den Schlafraum folgte.

„Ja, es geht ihm etwas besser, dank dir." Anna gehörte zu den Menschen im Dorf, die Abigails Fähigkeiten zu schätzen wussten, und war ihre einzige Freundin.

„Das freut mich wirklich." Abbie trat zum Bett und betrachtete den schlafenden Jungen. Erleichtert stellte sie fest, dass er endlich wieder Farbe im Gesicht hatte. Sein Atem ging in kräftigen, regelmäßigen Zügen. Abbie befühlte seine Stirn und konnte kein Fieber feststellen.

„Ich denke, eine kräftige Brühe würde ihm guttun. Wenn er Hunger hat, dann kannst du ihm auch etwas Brot geben.

In den nächsten Tagen sollte er noch auf zu herzhafte Nahrung verzichten, aber er wird schnell wieder auf die Beine kommen."

Anna nickte.

„Wahrscheinlich wird er heute und morgen noch viel schlafen, aber das hilft bei der Heilung. Ich werde dir einige Kräuter dalassen, damit du ihm noch etwas von dem Sud geben kannst." Abbie strich dem Jungen liebevoll über die braunen Haare und stand dann auf.

Anna kam auf sie zu und umarmte sie. „Ich danke dir für deine Hilfe. Connor hat gestern Erfolg bei der Jagd gehabt. Ich möchte, dass du eins der Kaninchen mitnimmst."

Abbie löste sich von ihr. „Das kann ich nicht machen. Ihr braucht es doch viel dringender als ich", protestierte sie. Aber Anna blieb stur.

„Wir haben genug. Außerdem hast du so gut wie nie die Gelegenheit, frisches Fleisch zu bekommen. Du hast uns so sehr geholfen, nun lass uns etwas Gutes für dich tun."

Abigail gab sich geschlagen. Es war wirklich lange her, seit sie das letzte Mal Kaninchen oder etwas ähnlich Hochwertiges auf dem Teller gehabt hatte.

„Na gut, ich danke euch."

„Wir danken dir."

Eine Stunde später verließ sie das Haus ihrer Freundin und machte sich mit dem Kaninchen im Gepäck auf den Heimweg. Ihre Besuche bei Anna munterten sie eigentlich immer auf. Sie und ihr Mann Connor waren liebenswürdige Menschen, die nicht nur auf ihren eigenen Vorteil bedacht waren. Abbie freute sich schon darauf, wenn der kleine Michael wieder durch die Gegend springen würde, als wäre er nie krank gewesen. Der Junge hatte ein sonniges Gemüt und kam sie gern besuchen.

Abigail runzelte die Stirn. Es hatte keine Anzeichen dafür gegeben, dass Callums Leiche schon gefunden worden war. Auch die anderen beiden waren nicht aufgetaucht und hatten von dem Überfall berichtet. Sie hatte sich nicht getraut, Anna nach ihnen zu fragen, denn dann hätte sie erzählen müssen, was gestern geschehen war. Es würde nur unangenehme Fragen aufwerfen, wenn jemand mitbekam, dass sie einen Vampirangriff erlebt hatte und als einzige unverletzt aus der Sache herausgegangen war. Da fehlte nicht viel und sie würde auf einem hübschen Scheiterhaufen landen, weil sie sich mit einem Dämon eingelassen hatte. Nein, Abbie schwieg und hoffte, dass sie in nächster Zeit derartigen Anfeindungen und Gefahren entgehen würde. Ihr stand nicht der Sinn danach, Rob und Pete oder einem aufgeregten Mob gegenübertreten zu müssen. Ihre Überlebenschancen wären äußerst schlecht. Unbewusst glitt ihre Hand zu ihrem Gürtel, wo normalerweise der kleine Dolch hing, doch den hatte sie gestern verloren. Ein Zittern ging durch ihren Körper. Es war nicht gut, dass sie ohne Waffe unterwegs war. Außerdem war der Dolch ein Geschenk ihres Vaters gewesen, den er ihr an ihrem sechzehnten Geburtstag überreicht hatte. Kurz danach waren ihre Eltern verstorben. Das Fieber war so plötzlich gekommen und hatte sie so schnell dahingerafft, dass sie keine Möglichkeit gehabt hatte, etwas dagegen zu tun. An jenem Tag war sie bei Anna gewesen und hatte ihr geholfen, den kleinen Michael auf die Welt zu bringen. Als sie schließlich erschöpft, aber glücklich nach Hause zurückgekehrt war, hatte sie nicht mehr viel tun können. Sie erinnerte sich noch deutlich an die Verzweiflung, die sie ergriffen hatte. Nichts, was sie tat, schien zu wirken und nach zwei Tagen harten Kampfes war es vorbei gewesen. Ihre Eltern waren kurz nacheinander verstorben und Abbie war weinend auf dem Boden ihrer Hütte zusammengebrochen.

Sie wischte sich eine einzelne Träne weg, die sich aus ihrem Auge geschlichen hatte. Ihr war bis heute nicht klar, warum sie nicht ebenso erkrankt war oder was genau das Fieber ausgelöst hatte. Als sie damals aus ihrem Schmerz erwacht war, war sie ins Dorf geeilt, um den Priester zu holen. Ihre Eltern bekamen die letzte Segnung und wurden auf dem kleinen Dorffriedhof beerdigt. Danach verbrannte Abbie die Laken und Tücher, die mit den Kranken in Berührung gekommen waren. Die alte Kräuterfrau, Baba, bei der sie ihr Handwerk damals lernte, hatte ihr das eingebläut. Gerade bei Krankheiten, deren Verlauf so fatal war, reichte einfaches Waschen oftmals nicht aus und sorgte dafür, dass sich die Erkrankung ausbreitete. Sie besaßen zwar nicht viele Laken, aber Abbie hatte genug gesehen, um ihren Rat zu beherzigen. Während sie noch um ihre Eltern trauerte, hatte sich bereits das nächste Unglück zusammengebraut. Einigen im Dorf war es ein Dorn im Auge, dass sie allein in der Hütte wohnte. Auch damals hatte es schon ein paar Männer gegeben, die sich ihrer bemächtigen wollten, aber ihre Eltern waren respektierte Mitglieder der Dorfgemeinschaft gewesen. Abbie konnte sich schließlich auch mit dem Argument durchsetzen, dass sie die Hütte für ihre Arbeit benötigte. Außerdem war niemand willens, sie bei sich aufzunehmen. Die Menschen hatten genug damit zu tun, ihre eigenen Familien zu versorgen.

Sechs Jahre waren seitdem vergangen. Anfangs war es schwer für sie gewesen, ohne ihre Eltern in der kleinen Hütte zu wohnen und für sich zu sorgen. Doch Abbie war niemand, der leicht aufgab. Die Dorfbewohner brauchten ihre Heilkünste und daher hatte sie immer etwas zu essen auf dem Tisch, so mager es manchmal auch war. Mit der Zeit allerdings war das Interesse der Männer an ihr gestiegen. Nicht für solche ehrenhaften Dinge wie Heirat oder Freundschaft. Sie sahen sie als leichte Beute, da es nun niemanden mehr gab, der sie beschützte. Abbie lernte schnell, wie man diesen Männern aus dem Weg ging. Connor hatte ihr auch ein paar Kniffe beigebracht, mit denen sie sich im Notfall wehren konnte. Die wenigsten waren so bösartig wie Callum und seine zwei Spießgesellen, aber als unverheiratete Frau, die alleine wohnte, war sie eine Verlockung. Ihre zierliche Statur verleitete viele zu der Annahme, dass sie leicht zu überwältigen sei. Um Heilerin zu sein, benötigte man jedoch eine gewisse Kraft und sie war schon immer geschickt im Ausweichen gewesen. Ihr war bewusst, dass der Frust und die Blamage, einer kleinen Frau wie ihr unterlegen zu sein, zu den Gerüchten über Hexerei geführt hatten. Ihre roten Haare und die einsame Lebensweise befeuerten dieses Gerede noch zusätzlich. Zumal Abigail oftmals sagte, was sie dachte, und damit so manchen vor den Kopf stieß. Ein Beispiel dafür war dieser unsinnige Aberglaube, dass zu häufiges Waschen den Menschen schadete. Bisher hatte sie nur das Gegenteil beobachten können und ihre Lehrerin hatte ihr eingetrichtert, auf ihre Körperpflege zu achten und auch darauf, dass ihre Leinentücher und alle Dinge, die sie zum Versorgen von Kranken benutze, stets frisch und sauber sein sollten. Baba hatte ihr ebenfalls beigebracht, wie man

Seife herstellte, die angenehm duftete und sanft zur Haut war. Eine Tatsache, die viele der Frauen zu schätzen wussten.

Als Abigail ihr Zuhause erreichte, machte sie sich an die Verarbeitung des Kaninchens. Während der Eintopf vor sich hin köchelte, brachte sie ihren Kräutergarten in Ordnung. Abbie war stolz auf ihren kleinen Garten, in dem einige wichtige Kräuter, die kaum zu finden waren, und natürlich auch ihre Küchenkräuter sowie Gemüse gediehen. Viele ihrer Pflanzen waren Ableger von denen ihrer Lehrerin. Wie die alte Baba an diese seltenen Kräuter gelangt war, wusste sie nicht, aber sie hegte sie wie einen Schatz. Abbie kniete sich hin und zupfte Unkraut aus den Beeten. Sie genoss den Geruch nach Erde und Kräutern sowie die Sonne, die auf ihre Haut schien. Die Arbeit im Garten hatte immer eine beruhigende Wirkung auf sie. Die Vögel zwitscherten in den Bäumen und ein Schmetterling saß auf einer Ringelblume. Dieser Moment war so friedlich, dass sie die Schrecken der letzten Nacht und die Anfeindungen der Dorfbewohner vergessen konnte. Sie liebte ihre kleine Hütte im Wald. Oft hatte sie davon geträumt, hier mit ihrer eigenen kleinen Familie zu leben. Sie würde im Garten arbeiten und ihr Mann würde zu ihr kommen und sie mit einem Lächeln begrüßen, bevor er sie küsste.

Abbie sah diese Szene deutlich vor sich: *Sie roch den Duft der Rosen und spürte einfach, dass ihr Geliebter zu ihr kam.* Der Mann in ihrem Traum war bisher nur ein gesichtsloser Schatten gewesen, doch diesmal hatte er Luciens Gesichtszüge. *Ihr Herz schlug aufgeregt in ihrer Brust, als er auf sie zukam und sie auf ihre Füße zog. Das Sonnenlicht spiegelte sich in seinen Augen und auf seinem schwarzen Haar wider. Ein Lächeln lag auf seinen verführerischen Lippen.*

„Ach, hier bist du, mein Herz", begrüßte er sie, bevor er sie küsste. Glückselige Hitze breitete sich in ihrem Körper aus und sie schmiegte sich an ihn. Luciens Hand fuhr über ihren gewölbten Bauch.

„Du sollst dich doch nicht anstrengen", ermahnte er sie stirnrunzelnd.

Abbie strich über seine Wange und gab ihm einen Kuss. „Die Arbeit im Garten tut mir gut. Keine Sorge, ich passe gut auf mich und unser Kind auf."

„Das solltest du auch. Ich möchte euch unter keinen Umständen verlieren."

Er zog ihren Kopf an seine Brust und strich ihr über das Haar. Abbie hielt ihn ganz fest, während sie seinem kräftigen Herzschlag lauschte.

„Ich liebe dich", flüsterte sie.

„Ich liebe dich auch", erwiderte er.

Blinzelnd erwachte Abigail aus ihrem Tagtraum. Sie spürte, wie ihr eine Träne über die Wange rollte. Es war ungerecht, dass ihr Traum genau das zeigte, was unerreichbar war, egal wie sehr sie es sich wünschte. Bis ins Mark erschüttert rappelte sie sich auf und erstarrte. Nur wenige Schritte von ihr entfernt stand ein Hirsch und blickte sie wissend an. Noch nie hatte sie so ein wunderschönes Tier gesehen. Er war überaus prächtig und sein Fell so hell, dass es weiß erschien. Das Ungewöhnlichste an ihm waren aber seine leuchtend grünen Augen. Sie hatte nicht gewusst, dass so etwas möglich war. Einen Moment lang betrachtete er sie, bevor er den Kopf abwandte und im Wald verschwand.

Abbie holte tief Luft und sog den beruhigenden Duft des Gartens ein. Auf wackligen Beinen ging sie zurück in ihre Hütte. Mit leicht zitternden Händen goss sie sich etwas von dem leichten, gewürzten Apfelwein ein und trank einen Schluck. Das vertraute Aroma half ihr, sich zu beruhigen. Wahrscheinlich hatte sie sich einfach zu lange in der Sonne aufgehalten und nicht gemerkt, wie erschöpft sie war. Es war untypisch für sie, mitten am Tag vor sich hin zu fantasieren. Noch nie war ihr ein Traum so real erschienen. Doch sie zwang sich, diese Bilder aus ihrem Kopf zu verbannen, denn sie verursachten ein schmerzhaftes Ziehen in ihrem Herzen.

Abbie wusch das Gemüse, welches sie geerntet hatte, kümmerte sich um ihren Eintopf und zerlegte das Kaninchen. Ein Teil davon würde in der Suppe landen, den Rest salzte sie ein, um es haltbar zu machen. Sie schnitt Möhren, Zwiebeln sowie Kräuter und genoss den wunderbaren Geruch, den das Essen verströmte. Als ihr Magen knurrte, wurde ihr bewusst, wie hungrig sie war. Sie musste wesentlich länger im Garten gewesen sein, als sie gedacht hatte. Der Blick aus dem Fenster bestätigte ihre Vermutung, denn die Sonne stand bereits tief und würde in wenigen Stunden untergehen.

Nachdem sie gegessen hatte, beschloss sie, sich den Luxus eines Bades zu gönnen. Es würde eine Weile dauern, bis sie das ganze Wasser aus dem Brunnen geholt und erhitzt hatte, daher sollte sie sich sputen. Im Moment wollte sie lieber nicht im Dunkeln durch die Gegend laufen. Unwillkürlich fragte sie sich, ob Lucien sie besuchen würde oder ob sie nur eine von den gesichtslosen Frauen war, die eine gute Unterhaltung für eine Nacht darstellten und dann vergessen wurden. Dieser Gedanke schmerzte sie, denn ihr würde die letzte Nacht immer in Erinnerung bleiben. Allerdings wusste sie nur zu gut, dass Männer derartige Dinge ganz anders betrachteten. Wenn sie Gefühle für einen Vampir entwickelte, dann war das töricht und ihr eigenes Problem. Mit einiger Kraftanstrengung schob sie den hölzernen Badezuber vor das Feuer. Als das geschafft war, strich sie liebevoll über das Holz. Ihr Vater hatte die Wanne vor Jahren gefertigt und sie verband viele schöne Erinnerungen mit diesem Gegenstand. Ihre Eltern hatten gern gelacht und so war manches Bad zu einer kleinen Wasserschlacht geworden. Abbie schüttelte diese Gedanken ab und begann, das Wasser eimerweise vom Brunnen zur Wanne zu tragen. Früher hatte sie bei schönem Wetter auch draußen gebadet und sich einiges an Mühe erspart, aber sie hatte feststellen müssen, dass es Männer gab, die diese Gelegenheit ausnutzen wollten. Zum damaligen Zeitpunkt war es nur ein Gaffer gewesen und sie war so schnell im Haus, dass er auch keine Chance hatte, an sie heranzukommen. Seitdem badete sie nur noch drinnen bei geschlossenen Fensterläden. Einen Teil des Wassers schüttete sie direkt in die Wanne, den anderen Teil erwärmte sie in einem großen Kessel über dem Feuer und gab ihn dem kalten Wasser hinzu. Einen Eimer mit warmem Wasser stellte sie direkt neben den Zuber, um später damit ihre Haare ausspülen zu können. Dann ging sie in den kleinen Raum, in dem ihre Kräuter lagerten. Sie sah sich in ihren Regalen nach den besten Zutaten für ein entspannendes Bad um und entschied sich schließlich für ihre Lavendelseife und einen Spritzer Rosenwasser. Sie ergriff ein kleines Stück Leinentuch sowie ein frisches Laken, legte beides auf einen Stuhl neben die Wanne und verschloss Fenster und Tür. Sie wollte kein Risiko eingehen und nicht gestört werden. Dann entkleidete sie sich. Mit einem Seufzer ließ sie sich in das warme, angenehm duftende Wasser sinken. Abbie lehnte den Kopf gegen den Wannenrand und schloss die Augen, während draußen die Sonne hinter dem Horizont verschwand.

4. Kapitel

Lucien erwachte in völliger Dunkelheit. Er spürte, wie die Sonne unterging, und sein Hunger machte sich bemerkbar. Es war Zeit für die Jagd. Mit einer fließenden Bewegung richtete er sich in seinem Bett auf. Dieses Versteck ließ keine Wünsche offen. Oft genug hatte er den Tag in einem Sarg oder einer dunklen Höhle verbracht. Die kleine Hütte, die er auf seinem Streifzug entdeckt hatte, war aus Stein, besaß eine stabile Holztür und kleine Fenster, versehen mit robusten Fensterläden, die kein Licht durchließen. Wahrscheinlich war sie ein vergessener Unterschlupf für Wanderer oder Hirten. Bei seiner Ankunft war die Hütte verwaist und hatte bestimmt seit einem Jahr keinen Menschen mehr als Behausung gedient. Lucien hätte durchaus in einem eigenen Haus logieren können. Wer so lange lebte wie er, fand Mittel und Wege, um das so angenehm wie möglich zu tun, aber er reiste gern mit leichtem Gepäck, und wollte daher nicht durch ein Haus an einen Ort gebunden sein. Sich irgendwo dauerhaft niederzulassen, barg immer die Gefahr, dass eines Tages ein wütender Mob auf der Schwelle stand. Menschen wurden leicht misstrauisch, wenn man sich nur des Nachts zeigte. Er hatte schnell gelernt, dass es nicht ratsam war, zu oft und zu nah an seiner Unterkunft zu jagen. Wenn möglich ging er Menschen aus dem Weg. Es gab durchaus einige seiner Art, die in prächtigen Häusern lebten und Diener hatten. Eine Zeit lang hatte er das selbst getan, war in den großen Städten und auch an einigen Königshöfen gewesen. In der Masse fanden die Vampire immer ein Opfer und so schnell wurden diese auch nicht vermisst. *Wen interessierte schon, ob durch die Straßen Londons eine Hure weniger wanderte?*

Auf dem Land war die Jagd etwas mühsamer, aber eine kleine Herausforderung konnte nicht schaden. In den Dörfern kannten die Leute einander, aber solange niemand wusste, wo er sich tagsüber aufhielt, konnten sie nichts gegen ihn unternehmen. Er war ihnen weit überlegen und oftmals bemerkten ihn die Menschen erst, wenn es zu spät war. Lucien lächelte boshaft. Wenn sie wüssten, wie frei er sich unter ihnen bewegte, würden sie ihre Häuser wohl nie mehr verlassen. Plötzlich kam ihm das Bild einer hübschen, jungen Frau mit langen, leuchtendroten Haaren in den Sinn und drängte den Dämon in ihm zurück.

„Abigail", murmelte er.

Lucien dachte zurück an das Gefühl ihrer Haut, ihren Duft und ihren Geschmack. Ein Teil seines Körpers erinnerte sich besonders gut, wie er mit einem Grinsen feststellte.

Was hat sie nur an sich, das mich so sehr fasziniert?, fragte er sich. Sie war schön, das war unbestritten, er hatte allerdings schon wesentlich exotischere Frauen verführt und keine hatte ihn nachhaltig beeindruckt oder auch nur das Licht des nächsten Tages erblickt. Das Lager mit einem Vampir zu teilen, war mit Leidenschaft verbunden und eine todsichere Sache. Nie hatte er die ganze Nacht mit einer Frau verbracht oder ihr beim Schlafen zugesehen.

Lucien wusch sich und zog sich an. Er mochte tot sein, aber deswegen musste er nicht so riechen oder aussehen. Lucien wusste die edlen Stoffe, die er trug, zu schätzen. Bei seinen sensiblen Sinnen wäre kratzende Kleidung oder mangelnde Körperpflege eine Strafe. Außerdem wusste er, dass sein ansprechendes Äußeres die Menschen anzog - Männer wie Frauen. Mehr als einmal war ihm gesagt worden, dass er das Gesicht eines Engels besaß. Früher wie heute fand er diese Aussage lächerlich. Als Mensch war er kein Heiliger gewesen und seit seiner Wandlung würde ‚Todesengel' wohl zutreffender sein, denn das war es, was er über die Menschen brachte.

Wieder kam ihm Abigail in den Sinn, wie sie ihn mit ihren großen, grünen Augen angesehen hatte. Bei ihrer ersten Begegnung stand darin noch Angst, die sich während der Nacht in etwas ganz anderes verwandelt hatte. Es war ein reines Vergnügen gewesen, sie zu beobachten, während er sich an ihr gütlich tat, und ihren kleinen, lustvollen Geräuschen zu lauschen. Er erinnerte sich nur zu gut daran, wie sie seinen Körper erforscht hatte. Ihre zarten Hände, die neugierig über seine Haut strichen, oder ihren heißen Mund, der kleine Küsse verteilte. Das war erstaunlich, wenn man bedachte, dass sie wusste, was er war. Sie hatte sogar gesehen, wie er sich an einem anderen Menschen genährt hatte, und doch hatte das ihr Verlangen nach ihm als Mann nicht gemindert. Abbie war jung, dennoch besaß sie eine Weisheit und Abgeklärtheit in mancher Hinsicht, die so einige Ältere nicht besaßen. Zudem hatte Abigail etwas Unschuldiges, Reines, was sich in ihrer Aura widerspiegelte. Ihr ganzes Wesen zog ihn an, und alles in ihm drängte ihn dazu, sie erneut aufzusuchen. Allerdings musste er vorher noch etwas erledigen.

Nachdem er sie in der letzten Nacht verlassen hatte, war er auf die Lichtung zurückgekehrt, um zu sehen, was aus den restlichen zwei Männern geworden war. Als er dort ankam, kämpften die beiden gegen ihre Fesseln an und waren kurz davor, sich zu befreien. Da er Abbie schnellstmöglich verfolgen wollte, hatte er sie nur nachlässig verschnürt. Er kam genau in dem Moment, als die Männer sich aufrappelten und in den Wald verschwinden wollten. Anscheinend waren sie von den Ereignissen noch ziemlich mitgenommen, denn es war ein Leichtes, sie zu packen, und ihre Gegenwehr ließ zu wünschen übrig. Der Drang, sie zu bestrafen und zu töten, war übermächtig, aber so kurz vor Sonnenaufgang war es gefährlich für ihn, noch draußen zu sein. Daher nutzte er seine Fähigkeit, in ihren Geist einzudringen, um den Vorfall aus ihrem Gedächtnis zu löschen, und er sorgte dafür, dass sie Abbie keinen Schaden zufügen konnten, während er schlief. Nachdem er die Mistkerle freigesetzt hatte, kümmerte er sich um den Leichnam. Lucien nahm sich das Wenige, was ihm nutzen konnte, und überlegte, auf welchem Wege er ihn am besten entsorgen könnte. Begraben würde zu lange dauern und der kleine Bach war nicht tief genug, um eine Leiche darin zu versenken. Dann fiel ihm ein, dass er auf dem Weg zu seinem Versteck an einem Moor vorbeikommen würde. Das war die perfekte Lösung. Lucien lud sich den Toten auf die Schulter und begab sich schnellen Schrittes dorthin. Kurz bevor er die Lichtung verließ, bemerkte er ein metallisches Schimmern im Gras. Als er näher trat, fand er den Dolch, den Abigail benutzt hatte, um sich gegen den Angriff zu verteidigen. Er beugte sich herunter und verstaute ihn, bevor er in der Dunkelheit verschwand.

Nachdem er sich versichert hatte, dass die Leiche auf Nimmerwiedersehen im Moor versunken war, musste er sich sehr beeilen, um vor den ersten Sonnenstrahlen in seinem Versteck anzukommen. Er hatte gerade noch genug

Zeit gehabt, um sicherzustellen, dass ihn niemand stören konnte, bevor ihn die bleierne Schwere übermannte und er auf das einfache Bett sank.

Lucien griff nach dem Dolch und verließ sein Versteck. Die Nacht war jung und er hatte einiges zu tun. Es würde ein Vergnügen sein, die Männer für ihr Vergehen zu bestrafen, und nebenbei könnte er seinen Blutdurst stillen.

Lautlos glitt er durch den Wald und kam im Schatten des Dorfes zum Stehen. Er hob die Nase in den Wind und witterte recht schnell seine Beute. Lucien zog die Nase kraus. *Es würde wirklich nicht schaden, wenn die Kerle öfter badeten.* Er folgte dem Geruch der Männer zu einer kleinen Hütte, die etwas zurückgesetzt von den anderen Gebäuden stand. Dort angekommen, stellte er fest, dass sie in einem ähnlich erbärmlichen Zustand war wie die Männer, die in ihr beisammen saßen. Er zog sich in den Schatten zurück und lauschte ihrem Gespräch.

„Und ich sage dir, es wird Zeit, dass wir der kleinen Hexe zeigen, wer hier die Hosen anhat“, forderte der Kleinere der beiden mit einem bösen Blitzen in den Augen. Er war ein Widerling, der weder etwas von Manieren noch von Körperpflege hielt, wie seine vor Fett strotzenden Haare und die zahlreichen Flecken auf der Kleidung verrieten.

„Ich weiß nicht, Rob. Klar, sie ist vorlaut und stellt ihren Körper zur Schau, aber sie ist unsere einzige Heilerin. Es gibt doch willigere Frauen, mit denen wir uns vergnügen könnten“, gab der Zweite zu bedenken und sah nachdenklich in sein Bier. Lucien konnte spüren, dass ihm die Sache äußerst unangenehm war. Doch der Mensch war schwach.

Rob knallte seinen Becher auf den Tisch. „Willst du etwa den Schwanz einziehen, Pete? Macht es dir nichts aus, dass sie dich mit ihrer Zurückweisung verspottet?“

Pete runzelte erbost die Stirn und ballte seine Fäuste. „Wage es ja nicht, mich einen Schlappschwanz zu nennen! Im Gegensatz zu dir weiß ich, wann ich aufhören muss. Wer hat denn Hausverbot im Gasthof, weil er eine Magd zusammengeschlagen hat, als sie ihre Röcke nicht freiwillig hob?!“

Dieser erbärmliche Kerl wird sterben! Es wäre eine Erleichterung für alle, wenn er endlich unschädlich gemacht würde. Lucien spürte, wie sich seine Fänge verlängerten, und der Blutdurst wurde unerträglich. Die Aggression im Raum war beinahe greifbar. Nur ein falsches Wort und die beiden würden aufeinander losgehen. Lucien lächelte. *Sollen sie nur. Das hilft mir ungemein, mein Werk zu vertuschen.* Er musterte diesen Pete. Der Mann war relativ groß und dünn wie eine Bohnenstange, die krumme Nase war schon mehrmals gebrochen worden. Seinen Hals zierte ein prominenter Adamsapfel und an seinem Kiefer zuckte ein Muskel. Rob schien egal zu sein, dass sein Gegenüber kurz vorm Explodieren stand, oder er war einfach nur dumm.

„Das verdammte Weibsstück hat es nicht anders verdient. Wedelt mir die ganze Zeit mit ihrem Hintern vor der Nase rum und tut dann pikiert, wenn man herzhaft zulangt. Im Gegensatz zu dir lasse ich mir so eine Frechheit nicht gefallen!“

Das war der Auslöser, auf den Lucien gewartet hatte. Petes Faust landete mit einem Krachen in Robs widerlicher Visage und schleuderte ihn vom Stuhl. Sein Becher fiel vom Tisch und Bier spritzte auf den dreckigen Boden. Der Getroffene rappelte sich auf.

„Du Schwachkopf", fluchte er und ging auf den Dünnen los. Eine Weile rangen die beiden Männer miteinander und stolperten schließlich durch die Tür ins Freie. Fäuste flogen und Pete taumelte getroffen nach hinten, direkt in Luciens wartende Arme. Mit einem schnellen Schlag schickte er den Mann ohnmächtig zu Boden. Er hatte beschlossen, großzügig zu sein und ihn nicht zu töten, zumindest noch nicht. Der Kerl war ein ungewaschener Dummkopf. Lucien vermutete, dass er nur am Angriff auf Abbie beteiligt gewesen war, weil die anderen beiden Männer ihn dazu getrieben hatten. Er lächelte bösartig, als ihn der kleinere Mann, Rob, entsetzt ansah.

„Scheiße! Wer oder was bist du?"

Lucien bewegte sich schneller als für das menschliche Auge wahrnehmbar war und packte den Mistkerl mit einer Hand am Hals.

„Dein Tod", erwiderte er mit zuckersüßer Stimme. Amüsiert beobachtete er, wie sich die Erkenntnis im Blick des anderen breitmachte.

„Du!", keuchte er.

„Ja, ich. Du hast Glück, dass ich heute noch etwas vorhabe. Sonst würde ich mir die Nacht damit vertreiben, dir deine Haut in Streifen abzuziehen und dir deine kümmerlichen Eier in den Hals zu stopfen", erklärte Lucien ihm seelenruhig.

Rob erbleichte und versuchte vergeblich, sich aus Luciens Griff zu befreien. Der Vampir hielt ihn mit einer Hand in der Luft und überlegte laut: „Ich denke, ich werde mich auf ein klein wenig Folter beschränken und dann dein erbärmliches Leben beenden."

Lucien entblößte seine Fänge. *Das wird ein Vergnügen*, dachte er. Er schleuderte den Dreckskerl gegen die Hauswand. Dort kam dieser mit einem dumpfen Knall auf und rutschte daran herunter. Lucien ging vor der zusammengesunkenen Gestalt in die Hocke. Mithilfe von Abbies Dolch schnitt er einen Stofffetzen aus Robs Hemd und knebelte den halb bewusstlosen Mann. Achtlos ließ er ihn liegen und wandte sich Pete zu. Wenn Lucien Abbie noch besuchen wollte, sollte sein Hunger vollständig gestillt sein. Er würde sich von ihm nähren, aber mehr nicht, solange der Mann keine direkte Gefahr für Abbie darstellte. Falls sich das ändern sollte, dann würde er nicht zögern, Pete zu töten.

Als er mit ihm fertig war, versiegelte er die Bisswunde und lehnte den Mann gegen die Hauswand. Der Kerl würde sich ein, zwei Tage etwas schwach fühlen, es aber überleben. Rob jedoch dürfte kein solches Glück haben. Lucien packte ihn und verschwand in der Dunkelheit.

Tief im Wald ließ er sein Opfer auf den Boden fallen und weckte es aus seiner Ohnmacht. Er fixierte den Oberkörper des Mannes mit einem schmerzhaften Griff und seine klauenartigen Finger drangen durch die Kleidung in das Fleisch des Mannes.

„Ich werde dir jetzt mal zeigen, was mit Kerlen geschieht, die sich Frauen gewaltsam aufdrängen ...“

Lucien griff in den Schritt seines Opfers und quetschte die empfindlichen Körperteile. Jahrelange Übung sorgte dafür, dass jede seiner Handlungen zwar äußerst schmerzhaft war, den Kerl jedoch nicht zu früh in eine gnädige Ohnmacht schickte. Zufrieden beobachtete er, wie Robs Augen vor Schmerz aus ihren Höhlen traten und erstickte Schreie durch seinen Knebel drangen.

„Gefällt dir das? Ich habe noch etwas Nachschlag parat."

Lucien verdrehte seine Hand und damit alles, was in seinen Klauen gefangen war. Aus der Kehle des Mannes kamen gurgelnde Laute und schließlich nichts mehr. Robs Kopf rollte nach hinten.

Lucien seufzte übertrieben. „Es ist eine Schande, dass die Kerle nie lange durchhalten, wenn man *ihnen* zu Leibe rückt."

Er suchte nach einer Stelle am Körper seines Opfers, die halbwegs sauber war und vergrub seine Fangzähne in ihm. Mit großen Schlucken trank er das warme Blut, um seinen Hunger zu stillen, tötete ihn jedoch dadurch nicht. Um seine Tat zu vertuschen, musste noch etwas Blut übrig sein. Lucien hob den Kopf, verschloss die Wunde und ließ den Mann unsanft auf den Boden fallen. Dann nutzte er seine messerscharfen Nägel, um die restliche Kleidung des Mannes und die darunterliegende Haut zu zerfetzen. Der Blutgeruch drang in seine Nase, wurde vom Wind davongetragen und von anderen Raubtieren wahrgenommen. Als er sicher war, dass Wölfe auf dem Weg waren, entfernte er den Knebel und weckte den auf dem Boden liegenden Mann noch einmal aus seiner Ohnmacht. Die Panik vertrieb zügig den Nebel aus den Augen des Menschen. Aus Robs Kehle drang nur noch ein heiseres Krächzen, schreien konnte er nicht mehr, weglaufen auch nicht.

„Ah, Dornröschen ist aufgewacht", begrüßte er Rob mit einem unheilvollen Lächeln. Lucien sah auf, als die ersten Wölfe in den Schatten auftauchten.

„Der Besuch ist auch pünktlich erschienen“, meinte er und lenkte den Blick des Mannes auf die wartenden Raubtiere.

„Ich hoffe, dir steht der Sinn nach etwas Gesellschaft. Ich muss jetzt leider gehen, aber ich bin sicher, dass ihr euch wunderbar miteinander amüsieren werdet.“

Rob versuchte verzweifelt, sich aufzurappeln, aber der Blutverlust und die anderen Verletzungen machten eine Flucht unmöglich. Lucien verbeugte sich sarkastisch und zog sich dann zurück. Wenige Augenblicke später hörte er, wie die Wölfe ihr Opfer attackierten. Normalerweise griffen sie keine Menschen an, aber der Blutgeruch und der geschwächte Zustand des Mannes waren einfach zu verlockend. Lucien hatte keinen Zweifel daran, dass sie sein Werk vollenden würden.

5. Kapitel

An einem kleinen Bach hielt Lucien, um Blut und Schmutz abzuwaschen, bevor er sich schnellen Schrittes auf den Weg zu Abigail begab. Der Gedanke an sie vertrieb seine Aggression und zauberte ein Lächeln auf sein Gesicht. Es dauerte nicht lange, bis er vor ihrer Hütte stand. Er schloss die Augen und schnupperte. Die Luft roch angenehm nach Lavendel, Rosen und anderen Kräutern, die hinter dem Haus gediehen. Als er an der Tür stand, wurde Abbies eigener Geruch stärker und er hörte leises Plätschern. Die Tür war verriegelt, aber das war kein Hindernis für ihn. Wenn ein Vampir einmal in ein Haus eingeladen worden war, so gelangte er immer wieder hinein. Nur kurze Zeit später betrat Lucien lautlos die Hütte.

Der Anblick, der sich ihm bot, ließ ihm das Wasser im Mund zusammenlaufen. Abigail saß in einer hölzernen Wanne und wusch sich. Der Zuber war nicht besonders groß, sodass ihre Schultern und auch ihre angewinkelten Knie aus dem Wasser ragten. Lucien beobachtete gebannt, wie der feuchte Stoff über die zarte Haut einer ihrer Arme strich, dann über ihre Schultern zu ihren Brüsten. Innerhalb eines Wimpernschlages war Lucien bei ihr und legte seine Hand über ihre. Abbie sog überrascht die Luft ein, als er so plötzlich neben ihr stand.

„Oh Gott! Hast du mich erschreckt“, keuchte sie.

Statt etwas darauf zu erwidern, beugte er sich zu ihr hinunter und verschloss ihr mit einem hungrigen Kuss den Mund.

Abbies Gefühle waren in Aufruhr. Der Schock und die Freude ihn wiederzusehen wurden von dem Verlangen verdrängt, ihm so nah wie möglich zu sein. Mit ihrer freien Hand klammerte sie sich haltsuchend in den Stoff seines Hemdes. In ihrem Kopf drehte sich alles und sie hatte das Gefühl zu verbrennen. Sie erwiderte den Kuss mit gleicher Leidenschaft, denn die Zeit, die sie voneinander getrennt verbracht hatten, war ihr wie eine Ewigkeit vorgekommen.

Lucien ließ seine Lippen von ihrem Mund zu ihrem Hals gleiten und knabberte auf dem Weg dorthin an ihrem Ohrläppchen. Abigail stöhnte leise, als er sie liebevoll in die empfindliche Haut biss. Zur Entschuldigung hauchte er ein Küsschen darauf und zog sich zurück, um sie zu betrachten. Eine zarte Röte überzog ihr Gesicht und die vollen Lippen waren leicht geöffnet. Der Blick, den sie ihm aus hellgrünen Augen zuwarf, war verhangen. Er streichelte die Hand, die noch ihren Waschlappen umklammert hielt.

„Guten Abend Abigail, kann ich dir bei deinem Bad behilflich sein?“, erkundigte er sich mit einem Schmunzeln.

„Das wäre nicht schicklich“, erwiderte sie und errötete noch stärker.

Er lachte. „Ich glaube, dass nichts, was ich mit dir machen möchte, schicklich wäre. Oder was wir schon getan haben ...“, meinte er vielsagend.

Abbie schluckte. Sie konnte sich nur zu gut an die letzte Nacht erinnern. Allein der Gedanke daran ließ einen wohligen Schauer über ihren Rücken laufen und schürte ihre Sehnsucht. Sie war nie ein Mädchen mit losen Moralvorstellungen gewesen. Ihre Jungfräulichkeit war das einzige Gut, das sie einem Ehemann bieten konnte, aber Lucien ließ sie zu einem schamlosen Frauenzimmer verkommen, das ihr

Verlangen nach ihm stillen wollte. Ihre Chancen, jemals einen Ehemann zu finden, standen noch schlechter als zuvor. Selbst wenn sie das Glück haben sollte, dass dieser über ihre verlorene Unschuld hinwegsehen würde, so bezweifelte sie doch, dass sie für ihn ähnlich tiefe Gefühle haben könnte wie für Lucien.

„Ich weiß und ich möchte, was du mir geben kannst, auch wenn es gegen alle Regeln ist", gab sie zu.

Lucien strich ihr mit einem Finger über die Wange. „Du bist eine wunderschöne Frau, Abigail, und eine sehr mutige noch dazu."

Ihre Worte stimmten ihn nachdenklich. Er war es nicht gewohnt, sich über Menschen Gedanken zu machen. Normalerweise interessierte ihn nicht, welche Auswirkungen seine Taten auf andere hatten. Unwillkürlich fragte er sich, welche Träume sie hatte oder ob es jemanden gab, mit dem sie diese verwirklichen wollte. Der Gedanke, dass ein anderer Mann sie so berührte, wie er es getan hatte, oder dass sie denjenigen mit einem glücklichen Lächeln willkommen heißen würde, versetzte seinem toten Herz einen Stich. Dann tat er etwas, was er in seiner gesamten Existenz als Vampir noch nie getan hatte - Er entschuldigte sich.

„Es tut mir leid", sagte er.

Abbie sah ihn erstaunt an. „Was tut dir leid?"

„Dass ich dir etwas genommen habe, was nicht wiederzubeschaffen ist."

Es dauerte einen Augenblick, bis sie verstand, was er meinte. Dann verschränkte sie die Arme vor der Brust und funkelte ihn böse an.

„Wage es ja nicht, zu bereuen, was wir miteinander geteilt haben! Ich wollte es und werde mit den Konsequenzen leben. Es war die schönste Nacht meines Lebens."

Lucien wollte etwas erwidern, aber Abigail war noch nicht fertig.

„Wenn ich dir zu langweilig bin, dann sag es einfach. Ich werde auch damit zurechtkommen, aber ich dulde nicht, dass du das, was zwischen uns war, beschmutzt."

Mit so einer Reaktion hatte er nun wirklich nicht gerechnet. Er blinzelte einmal leicht verwirrt und grinste sie dann an.

„Du bist wirklich die einzigartigste Frau, der ich jemals begegnet bin."

Lucien ergriff ihre kleine Hand und führte sie an seine Lippen. „Ich bereue nichts, was zwischen uns geschehen ist, Abbie. Es war wunderschön und etwas Besonderes. Du musst jedoch verstehen, dass ich es nicht gewöhnt bin, über die Folgen meines Handelns nachzudenken. Vampire stillen ihr Verlangen und ziehen dann weiter zum nächsten Vergnügen, ohne einen weiteren Gedanken zu verschwenden. Oftmals hinterlassen sie dabei eine Spur aus Blut und Verwüstung."

Abbie wusste, dass er recht hatte. Sie hatte mit eigenen Augen gesehen, wie das enden konnte. Es war schwer, diese zwei Seiten seiner Persönlichkeit miteinander zu vereinen. Lucien behandelte sie liebevoll, schenkte ihr Glück und Erfüllung. Doch er tötete ohne Rücksicht und wahrscheinlich auch mit einer gewissen Freude. Sie nahm ihren Mut zusammen und stellte schließlich die Frage, auf die sie lieber keine Antwort haben wollte.

„Bist du für die Vampirangriffe verantwortlich, die das Dorf seit längerer Zeit heimsuchen?"

Lucien runzelte die Stirn. „Ich will ehrlich sein, es ist durchaus möglich, dass ich in einigen Fällen die Ursache war, allerdings bin ich erst seit einer Woche in der Gegend. Von welchem Zeitraum sprichst du?"

Abbie empfand so etwas wie Erleichterung bei seinen Worten. „Ich glaube, es hat vor zwei Monaten angefangen", meinte sie nachdenklich.

„Ich habe gespürt, dass sich noch andere meiner Art in der Gegend aufhalten. Jedoch nie so nahe, dass wir einander begegnet wären. Vampire haben gern ihre Ruhe und mögen es nicht unbedingt, wenn ein anderer in ihr Revier eindringt."

Die Spuren des anderen waren nur vereinzelt in dem Gebiet aufgetaucht, in welchem er sich bevorzugt aufhielt. Aber eine andere Frage beschäftigte ihn mehr.

„Woher wisst ihr, dass ein Vampir für die Tode verantwortlich ist?"

Mit Grauen erinnerte Abbie sich an die übel zugerichteten Leichen und erschauderte.

„Ihre Hälse waren aufgerissen und sie hatten oftmals tiefe Wunden auf ihrem Körper, die aussahen, als hätte etwas mit großen, scharfen Krallen versucht, sie in Stücke zu reißen. Trotz dieser schrecklichen Verletzungen fand sich kein Blut in der Umgebung. Ihre Körper waren blutleer."

So, wie sie die Wunden schilderte, hatte sie die Leichen gesehen.

„Warum weißt du das so genau?", fragte er.

„Ich bin die Heilerin des Dorfes und werde gerufen, wenn jemand verletzt ist. Es gab auch einen Überlebenden, der behauptete, dass es ein Dämon in Gestalt eines Menschen mit roten Augen und großen Fängen war. Allerdings habe ich ihn nicht retten können."

Das würde natürlich einiges erklären. Oftmals wurde bei derartigen Verletzungen vermutet, dass es sich um wilde Tiere wie Wölfe handelte, aber wenn jemand den Vampir gesehen hatte, war der Fall klar. In einer Hinsicht jedoch konnte er sie beruhigen.

„Es tut mir leid, dass du dir so etwas ansehen musstest. Allerdings habe ich damit nichts zu tun. Ich pflege etwas dezenter vorzugehen." Er schwieg einen Moment. „Das stellt uns jedoch vor das Problem, dass hier ein Vampir wütet, der viel Aufmerksamkeit auf sich zieht und seine Opfer gern verstümmelt."

Lucien sah die Gänsehaut, die sich auf Abbies Armen ausgebreitet hatte.

„Ich denke, wir sollten das Thema einstweilen vertagen. Wie wäre es, wenn du dein Bad beendest, bevor das Wasser kalt wird? Ich könnte dir zur Hand gehen", schlug er vor.

Sein Vorschlag war nur vernünftig und doch zögerte sie. Ihr war durchaus klar, wohin seine *Hilfe* führen würde.

„Wenn es dir lieber ist, dann kann ich mich auch ganz brav dahinten hinsetzen und die Augen schließen", meinte er mit einem Zwinkern.

Abigail schüttelte den Kopf. Sie wollte, was er ihr anbot.

„Nein, bleib."

Das Lächeln, das sich auf seinem attraktiven Gesicht ausbreitete, ließ ihr Herz schneller schlagen. Es hatte etwas unbestritten Raubtierhaftes. Lucien entledigte sich seines Hemdes und streckte ihr die Hand entgegen.

„Den Lappen und die Seife bitte, meine Dame."

Sie errötete, gehorchte jedoch, was ihn freute. Er schnupperte an der Seife, die angenehm nach Lavendel roch, und im Badewasser konnte er Rosenduft wahrnehmen. Lucien stellte sich hinter sie und fing an, ihre Arme und Schultern einzuseifen.

„Lehn dich vor", bat er sie und rieb in kreisenden Bewegungen über ihren Rücken. Dabei widmete er sich besonders ihrem Nacken und löste die Verspannungen. Abbie schloss die Augen und genoss das Gefühl seiner Hände auf ihrer Haut. Sie konnte ein Stöhnen nicht unterdrücken, als er weiter nach unten glitt und ihren Hintern umfasste. Dann begann er einen neuen Seifenfilm zu produzieren. Diesmal fuhren seine Finger über ihr Schlüsselbein und liebkosten ihre Brüste. Von dort aus strich er über ihren Bauch und seine Finger schlüpften zwischen ihre Schenkel. Abbie lehnte sich an ihn und ergab sich den Empfindungen, die er in ihr auslöste. Er verweilte dort jedoch nicht lange. Ihre Beine waren als Nächstes an der Reihe und dann begann er, ihr die Haare zu waschen.

Lucien hat magische Hände, dachte sie. Bis dahin war ihr nicht bewusst gewesen, wie empfindlich ihre Kopfhaut auf Berührungen reagierte. Als jeder Zentimeter ihrer Haut angenehm prickelte, nahm er den Eimer mit dem sauberen Wasser.

„Aufstehen", befahl er sanft und sie gehorchte. Langsam goss er ihr das Wasser über den Kopf und spülte die Seifenreste weg. Abigail wrang ihre Haare aus und ließ das Wasser zurück in die Wanne tropfen. Lucien stellte den Eimer ab und griff zum Handtuch. Er wickelte sie darin ein und hob sie aus dem Zuber.

„Lass uns zum Feuer gehen, da ist es wärmer."

Abbie nickte und fragte sich, was nun kommen würde. Mit geschmeidigen Bewegungen trocknete er sie sorgfältig ab und rieb angenehm über ihren Körper. Mal mit dem Stoff, mal mit seinen Händen. Die Hitze, die in ihr aufstieg, hatte nichts mit dem brennenden Holz neben ihr zu tun. Als Nächstes machte er sich daran, ihr Haar zu trocknen, welches er schließlich geschickt in dem Tuch einwickelte und auf ihrem Kopf auftürmte. Ihr kam es vor, als würde er das nicht zum ersten Mal tun. Bevor sie ihn jedoch darauf ansprechen konnte, zog er sie an sich und küsste sie. Abigail stellte sich auf die Zehenspitzen und schlang ihre Arme um seinen Hals. Währenddessen knetete er ihre Kehrseite und rieb sich leicht an ihr. Es war klar, was er im Sinn hatte, denn seine Männlichkeit drückte gegen ihren Unterleib. Noch vor einem Tag hätte sie der Beweis seiner Erregung abgeschreckt, aber heute erschauderte sie voller Vorfreude. Sie keuchte leise, als seine Finger zwischen ihre Beine glitten.

„Mhm, ich dachte, ich hätte dich gut abgetrocknet, aber hier bist du noch ganz nass“, murmelte er mit einem verschmitzten Funkeln in seinen blauen Augen.

„Tut mir leid“, stotterte Abbie errötend.

„Bloß nicht, es zeigt mir, dass dir gefällt, was ich mit dir mache.“

Abbie wusste nicht, was sie darauf erwidern sollte. Allerdings war das auch gar nicht notwendig. Lucien küsste sie und intensivierte das Spiel seiner Finger. Sie sank gegen seine starke Brust und genoss es, ihm so nah zu sein und ihn zu spüren.

Bald jedoch war ihr das nicht mehr genug. Sie wollte alles von ihm und machte sich an seiner Hose zu schaffen.

Lucien lachte. „Wir sind heute ein klein wenig ungeduldig?“

„Ja“, gab sie zu. „Ich habe mich den ganzen Tag gefragt, ob ich dich jemals wiedersehen werde oder ob du mich einfach vergessen hast.“

Er streichelte ihre Wange. „Ich denke nicht, dass ich dich jemals vergessen könnte. Obwohl ich mich von dir fernhalten sollte, um dir nicht zu schaden, bin ich hier.“

Als sie dagegen protestieren wollte, legte er ihr einen Finger auf die Lippen.

„Egal, wie du empfindest. Mit meiner Anwesenheit bringe ich dich früher oder später in Gefahr, ob ich möchte oder nicht.“

Abbie nickte stumm. Sie wusste, dass er recht hatte. Eine wie auch immer geartete Beziehung mit einem Vampir zu führen, war wohl der sicherste Weg zur eigenen Verdammnis oder jeder Menge Ärger.

„Das ist mir egal. Wenn du bei mir bist, dann fühle ich mich das erste Mal seit sechs Jahren wieder glücklich und geliebt.“

Lucien erstarrte bei ihren Worten. Menschen suchten immer nach Liebe. Manchmal fanden sie diese tatsächlich und waren eine kurze Zeit lang glücklich. Andere wiederum starben einsam und gebrochen.

„Ich weiß nicht, ob ich dir geben kann, wonach du dich sehnst. Selbst wenn dem so wäre, müsste dir klar sein, dass es für uns keine gemeinsame Zukunft geben kann.“

Oh, sie wusste es nur zu gut. Allerdings war ihr auch klar, dass man die Gelegenheit, ein bisschen Glück zu erleben, ergreifen musste, wenn sie sich bot.

„Es ist mir egal, ob du mich lieben könntest oder wie lange das hier andauert. Ich will mir gerade keine Gedanken über morgen oder irgendwelche Folgen machen. Ich habe nur das eine Leben und möchte nichts bereuen."

Lucien küsste sie. Abbie war so mutig und erstaunlich weise für ihr junges Alter. Andererseits war das Leben eines Menschen nur ein Wimpernschlag verglichen mit seiner ewigen Existenz. Wenn es ihr Wunsch war, dann würde er eine Weile bei ihr bleiben, bevor es Zeit war, weiterzuziehen. Vorher würde er dafür sorgen, dass ihr weder von den Menschen noch von einem seiner Art ein Leid zugefügt werden konnte.

Er war jedoch Manns genug, um die Lösung dieser Probleme auf später zu vertagen, wenn er so eine bezaubernde und unbekleidete Dame in seinen Armen hielt, der es nach ihm verlangte.

Zusammen beseitigten sie die letzten Hürden, die ihre Leiber voneinander trennten, und stolperten zum Bett. Abbie seufzte glücklich auf, als sie Haut an Haut auf der Schlafstätte lagen. Es fühlte sich so richtig an, mit ihm zusammen zu sein. So ironisch es klingen mochte, aber bei ihm fühlte sie sich sicher und geborgen. Sie bezweifelte nicht, dass er ein gefährlicher Vampir sein konnte, und doch verhielt er sich beinahe fürsorglich, wenn er bei ihr war.

Lucien schloss die Augen, als er in sie eindrang. Abbie war so eng und doch hieß ihr Körper ihn willkommen. Trotz ihrer zarten Figur und ihrer Unerfahrenheit konnte er sich keine bessere Geliebte vorstellen. Ihr Verlangen stand seinem in nichts nach und sie war begierig, alles zu lernen, was ihr und ihm Freude bringen würde. Wenn er noch ein Mensch wäre, dann würde er sie nie wieder gehen lassen.

Abbie verkörperte alle Dinge, die er sich vor seiner Wandlung bei einer Ehefrau gewünscht hatte. Es barg schon eine gewisse Ironie, dass er sie hundert Jahre zu spät fand, ohne eine Gelegenheit, seine menschlichen Träume zu erfüllen. Wenn sie einander damals schon begegnet wären, dann würde er jetzt wohl nicht als Verdammter auf der Erde wandeln. Doch Lucien wusste, dass das Leben nie so verlief, wie man es geplant hatte. Oft genug hatte er beobachten können, wie plötzliche Ereignisse das Leben auf den Kopf stellten. Nicht wenige seiner Opfer waren völlig ahnungslos in seine Fänge gestolpert. Allerdings war ihr Ende durch ihn oftmals eine Gnade gewesen. Nicht so bei Abbie. Sie wusste, mit wem sie es zu tun hatte, und trotzdem lag sie jetzt unter ihm. Er vergaß seine Gedanken, als er anfing, sich in ihr zu bewegen. Eine unbekannte Zärtlichkeit überwältigte ihn und sein Fokus galt allein Abigail und ihrem Zusammensein.

6. Kapitel

Ermattet, aber befriedigt lagen sie in Abbies kleinem Bett und Lucien zog sie in seine Arme. Er lauschte ihrem Atem und dachte über ihre Begrüßung nach. Sie hatte sich tatsächlich darüber gefreut, dass er wieder zu ihr gekommen war. Bei jedem anderen Menschen würde er das absurd finden, aber ihr fühlte er sich auf seltsame Weise verbunden.

Ist es möglich, dass Vampire sich verlieben können, noch dazu in einen Menschen?, fragte er sich. Seiner Erfahrung nach waren die meisten seiner Art viel zu grausam und zu selbstsüchtig, um an etwas anderes außer sich selbst zu denken, ihn eingeschlossen. Wenn man schon in die Verlegenheit kam, einen Menschen zu mögen, dann war es reiner Selbstschutz, sich von ihm oder ihr fernzuhalten. *Menschen waren zu zerbrechlich, um mit einem Vampir umgehen zu können, und sie starben so leicht ...*

„Woran denkst du?“, fragte Abbie und glättete mit ihren Fingern die Falten auf seiner Stirn.

„Ich bin mir nicht sicher“, antwortete er und betrachtete sie nachdenklich. „Eigentlich sollte es das, was zwischen uns ist, nicht geben.“

„Warum? Weil ich ein Mensch bin und eigentlich auf deinem Speiseplan stehe?“

Lucien grinste. „Na ja, ich habe dich schon zum Fressen gern ...“

Abbie griff sich unbewusst an den Hals. „Du hast mich diesmal nicht gebissen“, stellte sie fest.

Er zuckte mit den Schultern. „Ich hatte keinen Hunger, aber das kann sich noch ändern, denn du bist ein wahrer Leckerbissen. Allerdings versuche ich, mich von deinen Adern fernzuhalten. Ich möchte dich nicht verletzen."

„Ich fand es das letzte Mal nicht so schlimm, ganz im Gegenteil", gestand sie errötend.

„Das ist nicht ungewöhnlich. Wir können beeinflussen, ob jemand Vergnügen oder Schmerz empfindet, wenn wir ihn oder sie beißen."

Abigail sah ihn erstaunt an. *Wenn er ein derart starkes Vergnügen in ihr auslösen konnte, was noch?*

„Hast du das bei mir gemacht und was kannst du noch alles?"

Ein wenig fürchtete sie sich vor der Antwort, aber sie musste wissen, welche Gefühle ihre eigenen waren.

Lucien wusste, warum sie fragte, und auch, dass ihr einige seiner Antworten wohl nicht gefallen würden.

„Beim Biss ist es notwendig, den Spender zu beeinflussen, sonst wäre es eine schmerzhafte Angelegenheit." Im Normalfall war ihm das egal, doch nicht bei ihr. Er strich über ihre Wange. „Wir übermitteln einfach das Vergnügen, was wir empfinden." Lucien zögerte, Abbie ließ jedoch nicht locker.

„Da ist mehr, oder?"

„Ja, ist es. Dass wir schneller und stärker als Menschen sind, weißt du ja. Wir sind auch in der Lage, unsere Opfer gedanklich zu beeinflussen", gab er seufzend zu.

Abbie schluckte. „Und, hast du mich beeinflusst?"

Sie wollte nicht, dass etwas von dem zwischen ihnen nur durch seinen Willen geschehen war. Zwar hatte sie sich entgegen ihrer Konvention verhalten, aber wegen ihres Herzens und nicht, weil er es wollte. Das hoffte sie zumindest.

Lucien ahnte, worauf sie hinauswollte. „Nein, das habe ich nicht. Selbst, wenn ich es wollen würde, wäre es auch ziemlich schwer. Du hast einen gut geschützten Geist."

Er umfasste ihr Gesicht und sah ihr in die Augen.

„Ich habe nichts manipuliert oder mit deinen Gedanken herumgespielt. Die Wirkung ist begrenzt und außerdem macht es irgendwann keinen Spaß mehr, wenn ich jeden dazu bringen kann, zu tun, was ich möchte."

Er dachte an seinen Schöpfer, der dieses Spiel nur zu gern mit seinen Opfern trieb und hoffte, dass Abbie Marius nie begegnen würde.

Sie atmete erleichtert auf. Zwar fand sie seine Enthüllungen beunruhigend, aber es war wichtig, seinen Feind zu kennen. Schließlich trieb sich außer Lucien noch ein weiterer Vampir in der Gegend herum.

„Ich finde es gruselig, dass du oder ein anderer Vampir meine Gedanken beeinflussen könnten."

„Verständlich. Keiner lässt sich gern im Kopf herumpfuschen. Menschen mit starkem Willen sind schwerer zu beeinflussen und Geisteskranke verursachen *uns* Kopfschmerzen."

„Gibt es eine Möglichkeit, sich dagegen zu schützen?", fragte Abbie interessiert.

„Nicht direkt. Ich denke, es hilft schon, dass du es weißt. Du hast einen wachen Verstand und bist daher nicht leicht zu beeinflussen."

Lucien fuhr mit einem Finger über die zarte Haut an ihrem Hals.

„Du könntest ein Kreuz tragen. Das hält uns fern und kann uns bei Kontakt sogar verletzen." Dieser Gedanke verursachte Abigail eine Gänsehaut.

„Ich möchte dich nicht fernhalten oder verletzen", gestand sie.

„Du bist wirklich einzigartig", meinte Lucien nachdenklich, „Selbst als du Angst vor mir hattest, fühltest du dich doch von mir angezogen. Trotzdem wolltest du noch gegen mich kämpfen. Es ist bewundernswert. Umso mehr erstaunt es mich, dass du dich mir freiwillig hingegeben hast." Er beobachtete, wie sich eine leichte Röte auf ihrem Gesicht ausbreitete.

„Es stimmt, ich fand dich schon bei unserer ersten Begegnung anziehend. Das ist ziemlich verrückt, da ich kurz zuvor gesehen hatte, wie du einen Mann getötet hast. Auch wenn mein Verstand mich vor dir warnte, so reagierte mein Körper auf dich wie bei keinem anderen Mann davor."

Sie machte eine Pause. „In meiner Situation ist es mehr als nur leichtsinnig, sich unverheiratet mit einem Mann einzulassen. Ich habe praktisch nichts außer meiner Jungfräulichkeit als Mitgift."

„Warum hast du es dann getan?"

„Ich konnte nicht anders. Als du mich gestern Nacht angesehen und berührt hast, fühlte ich mich trotz der Gefahr, die du für mein Leben darstelltest, geborgen und gewollt."

Abbie holte tief Luft. „Seit dem Tod meiner Eltern sehnte ich mich nach Geborgenheit und war einsam. Du hast Gefühle in mir geweckt, die so stark sind, dass sie mir schon fast wieder Angst machen. Ich habe dich den ganzen Tag vermisst und mich nach deinen Berührungen gesehnt."

Ihren Traum und die eigenartige Begegnung mit dem weißen Hirsch verschwieg sie lieber. Wenn man den Gesprächen der Frauen im Dorf glauben durfte, kamen Männer nicht gut mit zu vielen Gefühlen zurecht und fühlten sich schnell in die Ecke gedrängt. Nach einem Tag von Liebe, Heirat und Kindern zu träumen und dann auch noch davon zu sprechen, war selbst für Abbie zu viel.

„Mein erster klarer Gedanke galt dir. Dein Bild und die Erinnerung an die letzte Nacht haben es tatsächlich geschafft, durch den Blutdurst zu dringen." Lucien küsste ihre vollen Lippen.

„Du scheinst das wenige Gute, was noch in mir ist, zum Vorschein zu bringen ..."

„So wenig kann es gar nicht sein", widersprach sie mit einem kleinen Lächeln.

„Du irrst dich, Liebste. Ich bin mir sicher, dass Rob mir zustimmen würde, wenn er könnte."

Eigentlich hatte er nicht vorgehabt, ihr von seinen nächtlichen Aktivitäten zu erzählen, aber es war gut, wenn sie erkannte, was für ein Monster er tatsächlich war.

Abbie erbleichte. „Du hast Rob getötet?"

Lucien zuckte mit den Schultern. „Nicht direkt, aber er dürfte sich gewünscht haben, ich hätte es getan."

Das war eine kryptische Aussage. „Das heißt, er lebt noch?"

„Ich denke nicht. Mittlerweile werden die Wölfe ihr Werk vollendet haben."

Abbie konnte nicht verhindern, dass ihr ein eiskalter Schauer den Rücken hinunterlief. Rob war kein guter Mensch, das wusste sie aus Erfahrung, aber so einen Tod hätte sie ihrem schlimmsten Feind nicht gewünscht.

„Warum?“

„Weil er dich angegriffen hat und einen weiteren Versuch zusammen mit diesem Pete unternehmen wollte. Du kannst mich gern für grausam halten, aber was er für dich geplant hatte, war es nicht minder.“

Schon fast erwartete er, dass sie sich aus seiner Umarmung befreien wollte, aber sie kuschelte sich stattdessen noch näher an ihn. Sein Bedürfnis, sie zu schützen, steigerte sich mit jeder Stunde, die sie gemeinsam verbrachten. So sehr er es auch wollte, Lucien konnte nicht abstreiten, dass er ihre Gesellschaft genoss und sogar brauchte. Ihr Vertrauen in ihn und ihr Verlangen nach ihm als Mann machten sie zu einem kleinen Wunder. Sie brachte Licht in die Dunkelheit, die seine Existenz darstellte.

Lucien hatte das befremdliche Gefühl sich erklären zu müssen: „Er hat verdient, was er bekommen hat. Dir gegenüber hätte er auch keine Gnade gezeigt und so kann er immerhin niemandem mehr schaden.“

„Das versuche ich mir auch einzureden, aber ich bin nicht so abgestumpft wie du. Als Heilerin versuche ich, Leben zu retten und nicht zu nehmen“, murmelte sie gegen seine Haut.

Sie waren so verschieden und doch ... Und doch konnte sie nicht leugnen, dass sie sich in seiner Gegenwart beschützt und eigenartig vollständig fühlte, als wäre er ihre perfekte Ergänzung.

„Licht und Dunkelheit, Leben und Tod. Unterschiedlicher könnten wir wirklich nicht sein“, sagte er leise. Lucien hoffte nur, dass er ihre Reinheit und ihr liebenswertes Wesen nicht mit seiner Finsternis ersticken würde.

„Was ist aus Pete geworden und mit Callums Leiche geschehen?" Abbie konnte sehr gut auf Details verzichten, aber sie musste wissen, was auf sie zukam.

„Pete dürfte mittlerweile wieder zu sich gekommen sein. Es würde wirklich nicht schaden, wenn er öfter mal ein Bad nähme. Callum ist so tief im Moor versunken, dass er nicht so bald auftauchen sollte."

Überrascht sah Abigail ihn an. „Pete lebt?"

Gnade gehörte nicht unbedingt zum Wortschatz dieses Vampirs und nachdem er zwei der drei Männer getötet hatte, war sie darüber wirklich erstaunt.

„Ja, zumindest hat er gelebt, als ich ihn mit Rob verlassen habe. Er dürfte etwas benommen von der Prügelei und dem Blutverlust sein, aber sonst fehlt ihm nichts."

„Du verwirrst mich", sagte Abbie. „Ein Vampir prügelt sich doch nicht mit einem Menschen, dafür bist du viel zu schnell und zu stark."

„Stimmt. Rob und Pete waren unterschiedlicher Meinung, was dein Schicksal betraf. Pete wollte sich nicht beteiligen, und damit die einzige Heilerin schädigen."

Abbies Augenbrauen hoben sich. „Ist es für solche Zweifel nicht ein bisschen spät? Schließlich hat er gestern noch mit den anderen unter einer Decke gesteckt."

„Ich weiß, aber keiner von beiden konnte sich an die gestrige Nacht erinnern. Nachdem ich dich verlassen hatte, kehrte ich auf die Lichtung zurück, um die Spuren zu beseitigen. Bevor ich dir gefolgt bin, fesselte ich sie notdürftig. Bei meiner Rückkehr hatten sie sich fast befreit. Ich konnte sie im letzten Moment noch abfangen und habe ihre Erinnerungen manipuliert." Lucien löste sich von ihr und ging zu seinen Sachen. Er holte ihren Dolch heraus und gab ihn ihr.

„Hier, der lag noch auf der Lichtung, wo du mit den Männern gekämpft hast. Du solltest nicht allein und unbewaffnet unterwegs sein. Tagsüber kann ich dich nicht beschützen."

Vorsichtig ergriff Abbie das kleine Messer und versuchte ihre wirren Gefühle und Gedanken zu ordnen.

„Danke. Mein Vater hat ihn mir geschenkt, kurz bevor er und meine Mutter starben."

Sie stand auf und legte den Dolch vorsichtig auf den Tisch. Dann ergriff sie ihren Kamm und begann, ihre feuchten Haare zu entwirren. Lucien beobachtete sie aufmerksam. Ihr schlanker Körper wurde von den Flammen in goldenes Licht getaucht und ihre Haare hatten aufgrund der Nässe eine fast blutrote Farbe. Er bemerkte allerdings auch, dass es in der kleinen Hütte ziemlich kühl war. So ungern er sich selbst diesem verführerischen Anblick entzog, so konnte er dennoch nicht zulassen, dass sie krank wurde. *Menschen sind so zerbrechlich ...*

Lucien ergriff sein Hemd und zog es Abbie über. Dann beugte er sich zu ihr herunter und erstickte ihren überraschten Protest mit einem leidenschaftlichen Kuss. Mit einem Klappern fiel ihr der Kamm aus der Hand. Stattdessen schlang sie die Arme um seinen Hals und schmiegte sich an ihn. Die Mischung ihrer beider Gerüche wirkte wie eine Droge auf ihn.

Mein, dachte er. *Abigail gehört mir.*

Als der Kuss endete, befühlte Abbie den feinen Stoff seines Hemdes. Es lag angenehm auf ihrer Haut und verströmte Luciens Geruch. Sie vergrub ihre Nase darin und holte tief Luft.

„Darf ich es behalten?“, fragte sie.

Lucien lachte leise. Ihm gefiel, dass sie seine Sachen trug und etwas von ihm bei sich haben wollte. „Na gut, aber dann hätte ich auch gern etwas von dir. Schließlich muss ich nun halbnackt durch die Gegend laufen“, meinte er mit einem Blitzen in den Augen.

Daran hatte sie nicht gedacht. Zwar war es tagsüber noch recht warm, aber in der Nacht wurde es kalt. Zu leicht bekleidet konnte man schnell krank werden.

„Ich gebe dir gern etwas von mir, aber es wird dir wohl nicht passen.“

Lucien fuhr mit dem Finger über ihren Hals.

„Interessante Idee, aber ich hätte da eher an einen anderen Tausch gedacht ...“

Abbie schluckte, als sein dunkler Blick auf ihrer Schlagader verweilte.

„Hast du Hunger?“

„Nicht direkt. Ich kann nur einfach nicht genug von dir bekommen. Außerdem mag ich den Gedanken, dass dein Blut mich am Leben erhält. Es schmeckt ebenso einzigartig wie der Rest von dir.“

In ihren Augen konnte er ihre widersprüchlichen Gefühle sehen. Es erforderte sehr viel Vertrauen ihrerseits, ihn von sich trinken zu lassen. Normalerweise endete der Biss eines Vampirs tödlich für den ausgewählten Menschen. Lucien hatte nicht ohne Grund seinen Hunger vorher an anderen gestillt. So war es einfacher, sich zu kontrollieren und aufzuhören, bevor er ihr schadete. Allerdings schien Abbie wirklich großes Vertrauen in ihn zu haben. Sie atmete tief durch und straffte die Schultern. Mit einer Hand strich sie ihre feuchten Haare zur Seite und entblößte ihren zarten Hals.

Lucien konnte nicht verhindern, dass seine Fänge ausfuhren. Dieser Anblick hatte auf ihn eine ähnliche Wirkung wie Wasser auf einen Verdurstenden. Er beugte sich zu ihr herunter und küsste die Stelle, an der ihr köstliches Blut verlockend pulsierte. Ein Schauer ging durch ihren Körper, als er mit seinen Zähnen ganz leicht über die empfindliche Haut kratzte. Doch statt sie zu beißen, wanderte sein Mund zu ihrem Ohr und kam schließlich auf ihren Lippen zum Liegen. Abbie stöhnte auf, als er sie an sich zog. Ihre Hände strichen über seine breite Brust und suchten schließlich Halt an seinen starken Schultern. Nur zu gern hätte sie ihren Kopf auf seine Brust gelegt, um seinem Herzschlag zu lauschen, aber sie wusste, dass dort nichts zu hören war. Das Gefühl von Verlust ließ sie ihn noch enger an sich ziehen und ihre Verzweiflung war in ihrer Reaktion deutlich zu spüren.

„Was bedrückt dich?“, fragte er.

„Nichts, was soll denn sein?“, meinte Abbie ausweichend. Sie war nicht sonderlich erpicht darauf, ihm von ihren mädchenhaften Träumen von Heirat und Familie zu erzählen. Wohlwissend, dass es einfach nicht möglich war. Selbst, wenn er es wollte.

Aber Lucien hob nur vielsagend eine schwarze Augenbraue.

„Du vergisst, dass ich deine Empfindungen wesentlich besser spüren und deuten kann als ein Mensch.“ Als sie zusammenzuckte, wurde ihm einiges klar.

„Es hat damit zu tun, dass ich *kein* Mensch bin.“

Er war überrascht, dass sie erst jetzt ihre Abneigung seiner dämonischen Seite gegenüber zeigte. Abbie war eine gutherzige und intelligente, junge Frau. Sie war einfach ein guter Mensch – und damit das genaue Gegenteil von ihm. Daher hätte er schon viel eher mit ihrer Ablehnung gerechnet. Der Schmerz, der ihn bei diesem Gedanken durchfuhr, überraschte ihn.

Abigail sah, dass er ihre Antwort falsch gedeutet hatte und dabei war, sich von ihr zu entfernen. Erst emotional und, schneller als sie schauen konnte, auch räumlich. Von einem Moment auf den nächsten stand er auf der anderen Seite des Zimmers.

„Nein, warte. Lass es mich bitte erklären.“

Der scharfe Blick, den er ihr zuwarf, ließ das Raubtier in ihm deutlich erkennen. Tief in ihrem Inneren wusste sie, dass er ihr nie wehtun würde, aber das hielt ihren Körper nicht davon ab zu zittern. Lucien registrierte es und verschränkte die Arme vor seiner muskulösen Brust.

„Dann erkläre es mir. Ist dir erst jetzt aufgefallen, dass du es mit einem Monster zu tun hast?“ Seine Worte waren absichtlich so grausam gewählt. Er wollte sie zu irgendeiner Entscheidung zwingen - für oder gegen ihn.

Abbie schüttelte den Kopf und wandte dann den Blick von ihm ab. Es war schon schwer genug, über ihre Gefühle zu sprechen, ohne seinem offensichtlichen Missfallen und Misstrauen ausgesetzt zu sein. Dass dies ein Fehler war, wurde ihr eine Sekunde später bewusst, als er vor ihr auftauchte, ihr Kinn nicht übermäßig sanft umschloss und sie zwang ihn anzusehen.

„Sag, was du zu sagen hast. Allerdings muss ich dich warnen. Du gehörst mir und durch deine Einladung kann ich jederzeit in dein Heim."

Bei seinen Worten schlug ihr Herz schneller. Nicht aus Furcht, dass er sie nachts belästigen könnte, wenn sie ihn nun von sich stieß, sondern vor Freude, dass er sich an sie gebunden fühlte.

„Das macht mir keine Angst. Ich wusste, worauf ich mich einlasse, als ich dich eingeladen habe und mit dir schlief."

„Aber?", fragte er ungeduldig.

Sie wurde wütend, auf ihn, auf ihr dummes Herz und das grausame Schicksal, was sie zusammengeführt hatte, nur um ihr ihre Träume zu zeigen und sie ihr dann zu verweigern.

„Aber ich habe nicht damit gerechnet, dass ich mich in dich verlieben würde!", schrie sie ihn an und befreite sich aus seinem Griff. Mit Tränen in den Augen blickte sie ins Feuer und wandte ihm somit ihren Rücken zu.

„Ich weiß, wer und was du bist, und akzeptiere das. Es heißt aber nicht, dass ich keinen Schmerz empfinde, weil ich niemals die Möglichkeit haben werde, den Mann zu heiraten, den ich liebe, oder seine Kinder zu gebären. Du kannst mich ruhig für meine Dummheit und meine Naivität auslachen. Ja, ich wünschte, du wärst ein Mensch, denn dann wäre meine Einsamkeit endlich vorbei. Auch wenn du mir widersprichst und mich wahrscheinlich jeder andere Mensch für verrückt erklären würde, so glaube ich daran, dass du nicht böse bist."

Sie wirbelte zu ihm herum und ballte ihre Hände zu Fäusten.

„Ich mag jung und naiv sein, aber ich kann sehr wohl das Wesen der Leute um mich herum erkennen. Du bist grausam und gnadenlos deinen Opfern gegenüber, aber mich hast du immer gut, sogar liebevoll behandelt. Du hast zwei Männer meinetwegen getötet und einen weiteren verschont. Dein Herz mag zwar nicht mehr schlagen, aber so anders als wir Menschen bist du nicht, auch wenn du das nicht glauben willst. Ich kann nicht gutheißen, dass du tötest, aber immerhin brauchst du das Blut zum Überleben. Es gibt genug Leute, die aus viel niedereren Gründen morden."

Einen Moment lang sah Lucien sie sprachlos an. Mit so etwas hatte er nun wirklich nicht gerechnet. Es war erschreckend, wie gut sie ihn durchschaute, und auch, wie realistisch ihr Blick auf die Menschen war. Er teilte ihre Frustration, was ihre gemeinsame Zukunft anging. Mit einem Schritt war er bei ihr und zog sie an sich. Kurzzeitig wehrte sie sich gegen ihn, aber dann gab sie nach und schlang ihre Arme um seine Taille. Sie legte ihren Kopf an seine Schulter und blinzelte die Tränen weg.

„Es tut mir leid, dass ich nicht der Mann sein kann, den du verdienst oder brauchst", murmelte er, während er ihr über die Haare streichelte und sie ganz fest hielt.

„Ich brauche dich und mir ist egal, dass du ein Vampir bist." Sie sah ihn mit leicht geröteten Augen an. „Ich, ich liebe dich, Lucien."

Lucien strich über ihre Wange und meinte bedauernd: „Abbie, nicht. Ich habe weder dich noch deine Liebe verdient ..."

„Es ist nicht so, als ob ich meinem Herz Befehle erteilen könnte. Soweit ich weiß, muss man sich Liebe nicht verdienen. Sie ist ein Geschenk“, sprach sie ein klein wenig frustriert.

„Verdammt“, fluchte Lucien und küsste sie hungrig. Er war zu egoistisch, um dieses Geschenk abzulehnen, und spürte, dass er sie ebenso brauchte wie sie ihn. Das war gefährlich. Liebe wurde von vielen als Schwäche angesehen. Bevor er Abbie begegnet war, hatte er das ähnlich gesehen. Lucien nahm ihre Hand und legte sie auf seinen Brustkorb, dort, wo sich der kümmerliche Rest seines Herzens befand.

„Wenn es könnte, dann würde es für dich schlagen.“

„Das ist so ungerecht!“, meinte sie traurig.

Er lachte freudlos. „Wenn ich eines in der langen Zeit, in der ich nun schon auf der Erde wandele, gelernt habe, dann, dass das Leben niemals so verläuft, wie man es sich erhofft.“

„Dann lass uns das Beste daraus machen“, bat Abigail. „Bitte, bleib.“

„Na gut, aber nur über Nacht. Alles andere wäre zu gefährlich.“

Als sie ihm widersprechen wollte, legte er nur einen Finger auf ihren Mund.

„Für uns beide. Ich muss mich vor der Sonne schützen und du solltest nicht erklären müssen, was ein Vampir oder auch nur ein fremder Mann in deinem Haus zu suchen hat. Du hast schon genug Probleme. Versprich mir, dass du ein Kreuz tragen wirst.“

„Aber damit könnte ich dich verletzen!“

„Glaub mir, das ist meine geringste Sorge“, meinte Lucien und küsste sie. „Wenn sich hier in der Gegend tatsächlich ein weiterer Vampir herumtreibt, dann wird es nicht lange dauern, bis wir einander begegnen. Ich möchte vermeiden, dass du zwischen die Fronten gerätst."

Er küsste ihren Hals. „Du bist wirklich ein besonderer Leckerbissen und wenn der Vampir dich wittern sollte, dann zählt jede Kleinigkeit, die dich schützen könnte."

Abbie zitterte. „Es ist schon eigenartig, wenn du so über mich redest. Ich kann jedoch gut auf die Begegnung mit einem weiteren Vampir verzichten."

Er lächelte. „Verzeih mir. Ich liebe deinen Geschmack, deine frechen Locken, deinen wachen Geist und alles, was ich von dir kosten durfte."

Als seine Hand unter das Hemd und zwischen ihre Beine glitt, stockte ihr Atem.

„Es ist der Himmel, in dir zu sein und deine süßen Schreie zu hören oder dir dabei zuzusehen, wie die Leidenschaft dich übermannt ..."

Während er sprach, trieben seine talentierten Finger sie in den Wahnsinn. Als ihre Beine nachzugeben drohten, klammerte sie sich an seine Arme.

„Lucien", flehte sie.

„Ja, mein Schatz?"

„Ich brauche dich", keuchte sie.

Er spannte sie absichtlich auf die Folter. „Was genau brauchst du von mir?"

Einen Moment sah sie ihn mit großen Augen an. Ihr war klar, dass er mit ihr spielte. Allerdings war das erst ihre zweite Liebesnacht und sie war noch weit davon entfernt, ihre Bedürfnisse laut benennen zu können. Da half es nicht gerade, dass er ihr absichtlich den Verstand raubte. Kurzentschlossen griff sie nach seiner Männlichkeit und bewegte sich in Richtung des Bettes.

„Ich brauche dich, jetzt!“

Lucien lachte. „Wir werden ja richtig fordernd, das gefällt mir.“

Er gab nach und innerhalb einer Sekunde lagen sie auf dem Bett. Er unter ihr. Irritiert über diese neue Position wollte sie zuerst von ihm herunter klettern, aber Lucien hielt sie fest.

„Oh nein, du bleibst schön hier.“

„Aber ...“

„Nichts aber. Es gibt mehr als eine Art, Liebe zu machen.“

Mit den Händen an ihrer Hüfte dirigierte er sie in die richtige Position und ließ sie dann langsam auf sich herabsinken. Abbie stöhnte leise. Diese neue Position war aufregend und ihr wurde klar, dass Lucien ihr die Kontrolle gab. Dieses Wissen wärmte sie von innen heraus, während ihr Körper sich an seine Größe anpasste. Es fühlte sich so richtig, so besonders an, mit ihm vereint zu sein. Ungeduldig zog Abbie sich das Hemd über den Kopf. Sie wollte ihn überall spüren und der Stoff verhinderte dies. Ihre Finger fuhren über seine Haut, die immer etwas kühler als ihre eigene war, und sie bestaunte seinen Körper. Er war ein sehr gut aussehender Mann mit Muskeln an den richtigen Stellen, einem faszinierenden Charakter und er gehörte ihr. Zu Beginn steuerte er die Bewegungen, aber bald wusste Abbie, was sie tun musste, und übernahm die Führung. Lucien lehnte sich zurück und genoss den Anblick.

Sie wirkte wie eine keltische Göttin mit ihren langen, feuerroten Haaren, der weichen, hellen Haut und dem geheimnisvollen Leuchten in ihren grünen Augen. Abbie war die Verkörperung von Sonnenschein und Leben für ihn. Außerdem lernte sie verdammt schnell und ließ ihren Gefühlen freien Lauf. Eine bessere Gefährtin konnte er sich nicht vorstellen.

Es dauerte nicht lange, bis keiner von beiden mehr einen klaren Gedanken fassen konnte. Die Leidenschaft hatte sie im Griff und es war, als würde ein Band zwischen ihnen entstehen, das ihre beiden Seelen miteinander verknüpfte. Als Abbie von ihrem Höhepunkt überwältigt wurde, richtete Lucien sich auf. Er strich ihre Haare zur Seite und vergrub seine Fänge in ihrem zarten Hals. Sobald er ihr süßes Blut schmeckte, fand er seine Erlösung und hielt sie ganz fest in seinen Armen.

„Lucien", keuchte Abbie, als mit seinem Biss eine neue Welle über sie hinwegrollte. Ihre Hände klammerten sich an ihm fest, um wenigstens ein kleines bisschen Halt in dem Wirbel aus überwältigenden Gefühlen zu haben. Dieses Mal hatte sie keinen Schmerz verspürt und das Saugen seiner Lippen an ihrem Hals war ungeheuer erotisch. Unaufhaltsam trieb er sie mit seinem Körper weiter, bis sie schließlich beide verschwitzt und ermattet auf dem Bett lagen.

Liebevoll verschloss er die Bisswunde und genoss es, ein fach bei ihr zu sein. Er fuhr mit den Fingern durch ihre feurigen Locken und streichelte ihren starken Rücken. Ihm fiel auf, dass er sich bei ihr völlig entspannen konnte und so etwas wie inneren Frieden fand.

Mit der Zeit verlangsamte sich ihr Herzschlag auf eine normale Geschwindigkeit und ihr gelang es, den Kopf von seiner Brust zu heben. Lucien sah entspannt und äußerst zufrieden mit sich und der Welt aus. Abbie konnte ihn immer noch in sich spüren.

„Alles gut bei dir?“, erkundigte er sich.

Gut war kein Ausdruck, aber Abigail fehlten die passenden Worte, um ihre Gefühle zu beschreiben.

„Ja, mir geht es gut.“ Solange er bei ihr blieb, würde sich das auch nicht ändern. „Dein Biss hat diesmal gar nicht wehgetan“, meinte sie erstaunt.

Lucien fuhr mit einem Finger über ihren Hals und Abbie erschauderte. Die Haut war geschlossen und sah leicht rosig aus. In ein paar Stunden würde alles verheilt sein, aber die Stelle war anscheinend empfindlich.

„Ist es unangenehm?“

Abigail errötete. „Nein, eher das Gegenteil.“

Überrascht sah er sie an, dann breitete sich ein schelmisches Grinsen auf seinem Gesicht aus. Mit seiner Zunge fuhr er über die Stelle und entlockte ihr ein Stöhnen. Er legte seine Lippen an ihre Haut und begann zu saugen. Abbie wand sich auf ihm und er spürte, wie er in ihr hart wurde. *Es wäre interessant zu beobachten, wie lange dieser Effekt anhält*, dachte er. Allerdings brauchte sie eine Pause. Im Gegensatz zu ihm war sie schon den ganzen Tag auf den Beinen und hatte erst in der vorigen Nacht ihre Jungfräulichkeit verloren. Wenn er zu schnell zu viel wollte, dann könnte er sie durchaus verletzen. Er ließ von ihr ab und küsste ihre Nasenspitze, bevor er sich aus ihr zurückzog und aufstand. Abbie seufzte leise und öffnete die Augen, um ihn zu beobachten. Lucien ging zur Wanne und testete die Wassertemperatur. Dann tauchte er den Lappen in das duftende Wasser und wusch sich mit langsamen Bewegungen, die sie genau verfolgte. Ein bestimmter Teil seines Körpers zog unweigerlich ihre Aufmerksamkeit auf sich und ihr Atem ging schneller. Irgendwie konnte sie noch nicht fassen, dass ein erfahrener Mann wie er Gefallen daran fand, mit ihr zusammen zu sein. Dann spülte er den Lappen aus und kam zu ihr. Er registrierte ihre geröteten Wangen und lächelte.

„Du bist ja genauso unersättlich wie ich“, meinte er belustigt und begann, die Spuren ihrer Liebesnacht zu entfernen.

„Ich weiß nicht, was in mich gefahren ist“, antwortete sie.

Lucien lachte. „Ist dein Gedächtnis so schlecht?“

„Nein!“, rief sie empört und schlug gegen seine Hand. „Du weißt genau, dass ich das nicht gemeint habe.“

Er machte ein erstauntes Gesicht. „Heißt das etwa, dass du keine wollüstige Frau bist, die nur daran denkt, wie sie ihren Geliebten wieder in ihr Bett locken kann?“

Die Röte in Abbies Gesicht konkurrierte mit der Farbe ihrer Haare. Mit einem Stöhnen sank sie zurück in die Laken und vergrub ihr Gesicht in den Händen.

„Ich kann nicht glauben, dass mir das wirklich passiert.“

Sie hörte, wie der Lappen in der Wanne landete, und gleich darauf umfassten seine starken Hände sie. Lucien warf sie sich über die Schulter und ging zum Badezuber.

Sie quiekte erschrocken. „Was machst du?“

Er gab ihr einen Klaps auf das Hinterteil und sagte scherzhaft: „Wenn du ein so anrüchiges Weib bist, dann bade ich dich lieber noch einmal. Vielleicht kommt dadurch das kleine, unschuldige Mädchen wieder zum Vorschein.“

„Bis du mich verführt hast, war ich die reine Unschuld. Wenn hier einer baden muss, dann bist das wohl du!“, wetterte sie und kniff in seinen knackigen Hintern.

„Au!“, rief er und rieb sich seine misshandelte Kehrseite. „Du kannst also ein kleines Biest sein. Na warte!“

Ehe sie wusste, wie ihr geschah, hatte er sie von seiner Schulter geschwungen und gegen die nächstbeste Wand gepresst. Ihre Arme zog er mit einer Hand über ihren Kopf und bedeckte ihren Körper mit seinem. Seine Finger wühlten sich in ihr Haar und im nächsten Moment verschloss er ihr mit einem hungrigen Kuss den Mund. Wahrscheinlich war sie in einer Nacht wirklich zu einem wollüstigen Weib verkommen, denn Abbie reagierte nicht minder leideschaftlich auf diesen Ansturm. Sie mochte es, dass er sich nicht mehr zurückhielt und seine wildere Seite zum Vorschein kam. Seine Lippen lösten sich von ihren und plünderten ihren Körper, dann drehte er sie schwungvoll um, so dass sie mit dem Rücken zu ihm stand und sich seine Erregung gegen ihr Hinterteil presste. Er ließ ihre Hände los.

„Stütz dich an der Wand ab“, befahl er ihr und spreizte ihre Schenkel. Sie gehorchte sofort. Sobald sie festen Halt an der Wand gefunden hatte, war er in ihr.

„Oh Gott“, keuchte sie.

Das alles war so wild und intensiv, dass sie nicht wusste, wie lange sie dem standhalten würde. Als seine Fänge über ihren Hals kratzten, war es um sie geschehen. Lucien fing sie mit seinen kräftigen Armen auf, als ihre Beine unter ihr nachgaben. Einen Herzschlag später fand auch er seine Erlösung und beide lehnten schwer atmend an der Wand.

Als er langsam aus dem Nebel der Lust auftauchte, begann er, sich Vorwürfe zu machen. Abbie war so zart und unerfahren, er hätte seine Begierde zügeln müssen. Vorsichtig strich er ihr eine verirrte Strähne aus dem Gesicht.

„Habe ich dir wehgetan?“, erkundigte er sich besorgt.

Blinzelnd öffnete Abigail ihre Augen. „Was? Nein, mir geht es gut.“ Ein Lächeln breitete sich auf ihren Lippen aus. „Allerdings brauche ich wohl wirklich ein Bad, da mir gefallen hat, was du mit mir gemacht hast.“

Lucien lachte erleichtert auf und trug sie zur Badewanne. Abbie tauchte einen Finger in das Wasser und bemerkte erfreut, dass es noch nicht zu sehr abgekühlt war. Zu ihrer Überraschung stieg er mit ihr in den Armen in den Zuber und stellte sie erst dann auf die Füße. Dann ergriff er Seife und Lappen und begann sie zu waschen. Seine Hände waren so sanft, dass sie sich wie eine Prinzessin vorkam. Nachdem er sie eingeseift hatte, streckte sie die Hand aus.

„Ich bin dran.“

Lucien zögerte. „Ich weiß nicht, ob das eine so gute Idee ist. Wir sollten uns lieber zurückhalten, sonst kommst du noch zu Schaden.“

Als Antwort zog sie die Augenbraue in die Höhe und klaute ihm kurzerhand den Lappen.

„Ich verspreche, ganz brav zu sein. Außerdem ist es ungerecht, wenn ich dich nicht waschen darf. Schließlich hast du mich schon zum zweiten Mal gebadet.“

„Na, gut. Aber meine Beherrschung ist nicht allzu groß, wenn es um dich geht“, gestand er.

Abbie wusste, dass er recht hatte. Sie verspürte zwar keine Schmerzen, aber einige Stellen ihres Körpers forderten eine Ruhepause. Sie war schon am Morgen erstaunt gewesen, dass sie so wenige Beschwerden hatte. Aus Erzählungen wusste sie, dass viele Frauen nach ihrer Hochzeitsnacht keinesfalls so schnell wieder das Bett mit ihrem Mann teilen wollten.

Warum ist es bei mir anders?, fragte sie sich. Während sie ihn wusch, ließ sie ihre erste gemeinsame Nacht Revue passieren. Sie erinnerte sich nur zu deutlich an das, was er gemacht hatte, nachdem sie sich das erste Mal geliebt hatten ... Unbewusst fasste sie an ihren Hals und spürte nichts von einer Verletzung, die eigentlich hätte da sein sollen.

„Wie kommt es, dass ich so schnell verheilt bin?“, fragte sie erstaunt.

Lucien beugte sich vor und küsste die Stelle, an der seine Fänge erst vor Kurzem in ihre Haut eingedrungen waren.

„Der Speichel eines Vampirs enthält Stoffe, die deine Heilung beschleunigen. Wenn ich von dir getrunken habe, dann versiegle ich die Verletzung, sonst würdest du verbluten.“

Das klang einleuchtend. Die Verletzung eines so großen Blutgefäßes war lebensgefährlich. *Wenn er das konnte, dann ...* Abbie errötete.

„Als du mich letzte Nacht ...“ Weiter kam sie nicht.

„Als ich dich letzte Nacht? Was?“, fragte er neugierig.

Abbie wusste nicht, wie sie es formulieren sollte.

„Als du mich letzte Nacht geküsst hast ...“ Sie zeigte auf ihren Unterleib. „Dort. Hatte das eine ähnliche Wirkung wie bei deinem Biss?“

Lucien grinste. Sein Mädchen war wirklich süß und schlau dazu.

„Ja, als ich dich mit dem Mund geliebt und dein jungfräuliches Blut gekostet habe, ist dasselbe passiert.“ Er küsste sie. „Das war einer der Gründe, warum ich dir so etwas in deiner ersten Liebesnacht zugemutet habe.“

„Und die anderen Gründe?", fragte Abbie neugierig.

„Mhm, ich wollte wissen, wie du schmeckst. Ich wusste von Anfang an, dass du noch bei keinem anderen Mann gelegen hattest, und daher konnte nichts mein Vergnügen mindern."

Sie sah ihn mit großen Augen an. „Du weißt, ob eine Frau mit einem Mann geschlafen hat?"

„Meine Sinne sind wesentlich schärfer als die eines Menschen. Ich kann Gefühle wie Angst oder Erregung mehr als deutlich wahrnehmen. Wenn ich mit dir schlafe, dann hinterlasse ich meinen Geruch auf deinem Körper und du ebenso auf meinem. Daran ändert auch Waschen nicht so viel. Wobei die meisten Menschen von Letzterem nichts halten."

„Oh, ich will gar nicht wissen, wie der Geruch von Pete oder einem der anderen Männer für dich war."

Lucien verzog angewidert das Gesicht. „Ja, es gibt Leute, die ich zehn Meilen gegen den Wind riechen kann. Wenn ich die Wahl habe, dann mache ich einen weiten Bogen um sie."

Abbie konnte ihn gut verstehen. Sie würde auch nichts essen, was nach Verwesung roch. Bei der Absurdität des Gedankens musste sie lachen.

„Was ist? Habe ich einen Witz verpasst?", fragte er.

„Eigentlich ist es nicht komisch. Ich habe nur gedacht, dass ich auch nichts essen würde, was verdorben riecht."

Er grinste. „Ja, so könnte man es sagen."

Sie beendeten ihr Bad und trockneten sich gegenseitig ab. Dann zog Abbie sein Hemd über, während Lucien sich ebenfalls ankleidete. Sie setzte sich vor das Feuer und begann zum zweiten Mal an diesem Abend, ihre Haare zu kämmen. Das gestaltete sich schwierig, denn durch ihre Tollerei zwischen den Laken waren ihre wilden Locken nur schwer zu bändigen. Lucien trat hinter sie.

„Lass es mich mal versuchen."

Seufzend gab sie ihm den Kamm und wartete ab. Die einzige andere Person, die sie jemals gebadet oder gekämmt hatte, war ihre Mutter gewesen. Was Lucien mit ihr anstellte, war nicht vergleichbar. Erstaunt bemerkte sie, wie geduldig und vorsichtig er ihre Haare entwirrte. Es fühlte sich verdammt gut an.

„Hast du so etwas schon öfter gemacht?", fragte sie ihn.

„Nicht wirklich, aber ich habe den Frauen oft genug zugesehen. Die Damen bei Hofe sind sehr darauf bedacht, dass man ihre kunstvollen Frisuren nicht zerstört."

Er beugte sich vor und roch an ihren Haaren. „Deine Haare duften nach Sonnenschein und Lavendel, wie alles an dir. Sogar dein Blut hat eine blumige Note."

Abbie schloss die Augen, als er ihre Kopfhaut massierte. „Ich bin keine zerbrechliche Blume", meinte sie.

„Oh doch, das bist du für mich. Eine falsche Bewegung und ich könnte dich entzweibrechen. Du bist wie eine Rose: Wunderschön, aber mit Dornen versehen, die dich vor zu gierigen Händen schützen."

„Bisher habe ich mich ganz gut geschlagen."

„Ja, das hast du", gab er zu.

„Erzähl mir mehr über dich. Wenn du schon so lange lebst, dann hast du bestimmt viel mehr gesehen und erlebt als eine arme, kleine Heilerin, die ihr Dorf nur verlassen hat, um bei einer alten Kräuterfrau das Handwerk zu lernen."

7. Kapitel

Er kam ihrer Bitte nach und erzählte von seinem Leben als Mensch und seinen Reisen als Vampir. Abigail lauschte gespannt seinen Worten und versuchte, sich all die Orte und Menschen vorzustellen, die er beschrieb. Er hatte verschiedene Länder auf dem Festland besucht und war sogar an exotischen Orten wie Indien gewesen.

„Ich kann gar nicht glauben, dass du das alles gesehen hast", meinte sie erstaunt.

„Das ist noch gar nichts, Liebes", erwiderte er lachend und legte den Kamm zur Seite. „Wenn du so lange lebst, aber nicht alterst, dann bist du gezwungen zu reisen. Außerdem versuche ich, mich halbwegs unauffällig zu verhalten und keine Aufmerksamkeit auf mich zu ziehen. Besonders dann, wenn ich vorhabe, noch eine Weile in der Gegend zu bleiben."

Abigail dachte über seine Worte nach. „Ich kann mir nicht vorstellen, wie es ist, kein wirkliches Zuhause zu haben. Allerdings weiß ich sehr wohl, wie es ist, nirgendwo wirklich dazuzugehören."

Wieder einmal hatte sie ihn besser verstanden, als er dachte. Es war schon erschreckend, dass sie Dinge bemerkte, die er übersah. Er hatte kein Zuhause und niemanden, der ihn vermisste. Bis er Abbie begegnete, war ihm nicht bewusst gewesen, wie sehr er sich danach sehnte. Nur wenige Vampire hatten einen Partner. Sie waren zu misstrauisch und egoistisch, um mit einem anderen Wesen dauerhaft zusammenleben zu können. Lucien erkannte, dass er in letzter Zeit unzufrieden mit seiner Situation gewesen war. Rastlosigkeit hatte ihn aus dem belebten London mit seinen Vergnügungen in dieses beschauliche, kleine Dorf irgendwo in der englischen Wildnis verschlagen. Ausgerechnet hier traf er die Frau, die alles verändert hatte ...

„Du hast Recht, ich gehöre nirgendwo hin. Ich weiß nicht einmal, ob das Dorf, in dem ich geboren wurde, noch existiert."

Sie drehte sich zu ihm um, nahm seine Hand und legte sie über ihr Herz. „Du gehörst zu mir und in meinem Herz hast du ein Zuhause. Egal, ob du hier sein kannst oder nicht."

Lucien war gerührt. Abbie schaffte es immer wieder, ihn zu überraschen, und ließ ihn beinahe vergessen, was er war. Unter seinen Fingern spürte er die kräftigen Schläge ihres Herzens. „Danke. Du ahnst nicht, wie viel mir das bedeutet."

„Dann zeig es mir."

Er umfasste ihr Gesicht mit beiden Händen und legte all' seine Gefühle für sie in den Kuss. Abbies Herz hüpfte freudig in ihrer Brust. Lucien mochte die Worte nicht ausgesprochen haben, aber dieser Kuss zeigte ihr seine Liebe überdeutlich.

Als er endete, hielten sie einander in den Armen, nicht gewillt, sich voneinander zu trennen. Schließlich löste Abbie sich von ihm. Es musste noch einiges getan werden, bevor sie schlafen konnte. Und das musste sie, ob sie wollte oder nicht. Sie hatte tagsüber viele Pflichten, die sie nicht vernachlässigen konnte. Außerdem war sie schon seit dem Morgen auf den Beinen und langsam überwältigte sie die Müdigkeit.

„Ich muss noch ein paar Sachen erledigen und dann ins Bett. Lange werde ich mich nicht mehr wach halten können“, erklärte sie ihm bedauernd.

Lucien nickte. Im Gegensatz zu ihm lebte sie am Tag und nicht in der Nacht. Aufgrund dessen blieben ihnen nur wenige gemeinsame Stunden.

„Kann ich dir helfen?“

Sie war überrascht von seinem Angebot, nahm es jedoch sehr gern an.

„Ja, gern. Ich muss das Wasser aus dem Zuber schöpfen und ihn dann noch verstauen.“

„Wenn es nur das ist“, sprach er und hob den Zuber kurzerhand hoch. „Kannst du bitte die Tür aufmachen und mir sagen, wo das Badewasser hin soll?“

Abbie starrte ihn einen Augenblick lang an und schüttelte dann ihre Verblüffung ab.

„Ja, natürlich.“ Sie eilte zur Tür und führte ihn hinter das Haus.

„Hier“, sagte sie und deutete auf einen kleinen Ausläufer des Waldes, der weit genug von ihren Kräutern und der Quelle entfernt war. Ohne große Umschweife leerte Lucien den Zuber aus.

„Wo muss der hin?“, erkundigte er sich.

„In den kleinen Schuppen hinter dem Haus“, antwortete Abbie automatisch. *Wer hätte gedacht, dass es so praktisch sein konnte, einen Vampir im Haus zu haben?* Obwohl Lucien wahrscheinlich auch als Mensch eine große Hilfe gewesen wäre.

Innerhalb kürzester Zeit hatte er eine Aufgabe gemeistert, die sie alleine mindestens eine halbe Stunde gekostet hätte. Ganz abgesehen von der großen Anstrengung, die es für sie war, Wasser und Wanne aus dem Haus zu bringen.

Als er aus dem Schuppen kam, stellte sie sich auf die Zehenspitzen und gab ihm einen Kuss.

„Danke."

„Mhm, wenn ich immer so für meine Hilfe belohnt werde, könnte ich mich vielleicht an die Hausarbeit gewöhnen", scherzte er.

Lachend nahm sie ihn an der Hand und ging zurück zum Haus. „Ich wusste nicht, dass ich dich so leicht bestechen kann."

„Anreize können nie schaden, wenn man eine Aufgabe erledigen soll."

Hand in Hand gingen sie durch ihren Kräutergarten. Lucien blieb stehen und betrachtete die ordentlich angelegten und gut gepflegten Beete.

„Du hast einen schönen Garten", lobte er. Ihm waren nur wenige Pflanzen mit Namen bekannt, dennoch war die heilende Kraft fast spürbar. Lucien blinzelte überrascht und schloss dann die Augen. Tatsächlich schien der Garten eine Art Energie auszustrahlen, die das Haus umspannte.

Eigenartig ..., dachte er. Es war nicht das erste Mal, dass er eine solche Energie spürte, jedoch hatte sie bisher immer wie eine Barriere gegen Wesen seiner Art gewirkt. Nun stand er inmitten von Abigails Kräutern und nichts passierte.

„Was ist?", fragte Abbie, als er eine Weile schwieg.

Lucien stand mit geschlossenen Augen im Mondlicht und schien nach etwas zu suchen. Langsam öffnete er die Augen und kurzzeitig blitzten sie rötlich. Im nächsten Moment hatten sie wieder ihre normale Färbung angenommen. Er schüttelte verblüfft den Kopf.

„Es ist kein Wunder, dass ich deine Anwesenheit hier nicht spüren konnte“, sagte er schließlich.

Abbie sah ihn mit großen Augen an. „Was meinst du?“

Lucien betrachtete sie nachdenklich. Er zog sie an sich und konzentrierte sich auf die Energie, die jeder Mensch ausstrahlte. Ihre Energie war stark und von derselben Reinheit wie die des Gartens. Je verdorbener eine Person war, desto dunkler erschien ihre Lebensenergie. Die Extreme waren leicht wahrzunehmen. Sogar einige Menschen konnten sie spüren. Nur einmal war ihm eine ähnlich starke und reine Aura begegnet. Vor vielen Jahren, als er erst ein paar Jahrzehnte als Vampir existierte, hatte er eine alte Frau getroffen, deren Energie so stark war, dass es ihn gleichermaßen anzog und abstieß. Die Bezeichnung ‚Hexe‘ war äußerst zutreffend gewesen.

„Ich kann mich irren, aber es scheint, als hättest du Magie in dir.“ *Das würde auch die besondere Note in ihrem Blut erklären ...*

„Wie bitte?!“ Abbie konnte nicht so recht glauben, was er da erzählte.

„Du bist doch Heilerin, oder?“, fragte er sie.

„Ja, bin ich. Aber das weißt du doch schon.“

„Erinnerst du dich daran, dass ich dich letzte Nacht gefragt habe, ob du zu Hause gewesen bist?“

Als sie nickte, fuhr er fort. „Normalerweise kann ich spüren, ob und von wem ein Haus bewohnt wird. Jedes Wesen hat seine eigene Art von Lebensenergie. Je nach Charakter erscheint sie hell oder dunkel, beziehungsweise stark oder schwach. Neben dem Geruch ist es eines der wichtigsten Dinge, die uns verraten, wer sich wo aufhält.

Beides ist einzigartig und lässt Rückschlüsse auf den Menschen zu."

Soweit klang das alles logisch, aber ... „Warum denkst du, dass ich Magie besitze? Ich bin einfach gut in der Anwendung meiner Kräuter und das Wissen darüber habe ich der alten Heilerin zu verdanken."

Lucien ließ sich nicht beirren. „Sie hat dir vielleicht die Handhabung beigebracht, aber die Gabe steckt in dir, ist Teil deines Wesens. Ich habe so etwas Ähnliches schon einmal gespürt und die Frau war ebenfalls Heilerin. Dein Garten strahlt eine reine Energie aus. Wenn du mich nicht eingeladen hättest und mir wohlgesinnt wärst, dann bin ich mir sicher, dass diese Kraft mich von dir fernhalten würde."

Er dachte an die letzte Nacht zurück. Jetzt, da er wusste, wonach er suchte, war es einfach, weitere Dinge zu erkennen. „Du wusstest, dass du verfolgt wurdest, bevor die Männer sich verraten hatten, und auch, dass ich dich gefunden hatte."

Abbie wollte ihm erst widersprechen, aber dann realisierte sie, was er meinte. Sie hatte die Männer tatsächlich gespürt ...

„Oh Gott", keuchte sie. Ihr wurde bewusst, dass sie nur aufgrund ihrer Vorahnungen in der Lage gewesen war, den aufdringlichen Kerlen so lange auszuweichen. „Also haben die Leute im Dorf recht, wenn sie behaupten, ich wäre eine Hexe."

„Deine Fähigkeiten sind guter Natur. Um eine richtige Hexe zu sein, bedarf es mehr als ein wenig Magie." Lucien strich ihr beruhigend über den Rücken. Das Ganze schien sie sehr zu verunsichern.

„Wenn ich diese Fähigkeiten habe, warum konnte ich dann meine Eltern nicht retten?“, fragte sie mit Tränen in den Augen.

„Schsch, alles hat seine Grenzen. Du kannst keine Wunder vollbringen.“ Er wischte ihre Tränen mit seinem Daumen weg. „Du warst damals noch sehr jung und deine Fähigkeiten sind auch heute noch nicht ausgereift. Sie könnten allerdings der Grund dafür sein, dass du noch hier bist, um deine Eltern zu beweinen.“

„Was bringt mir meine ‚Gabe‘, wenn ich nicht das retten kann, was mir am liebsten ist?!“ Der Schmerz und ihre Verzweiflung waren deutlich in ihrer Stimme zu hören.

„Ich kann dir diese Frage nicht beantworten. Ich weiß nur, dass das Leben unvorhersehbar ist. Hast du nicht selbst gesagt, dass man jede Gelegenheit für einen Moment des Glücks nutzen soll?“

Abigail atmete tief durch. „Du hast recht. Ich vermisse sie nur so sehr und habe mich immer gefragt, warum ich nicht auch erkrankte. Jetzt weiß ich es.“

„Niemand hat behauptet, dass es leicht wäre, eine Gabe zu besitzen.“

Er küsste sie sanft auf den Mund. „Ich bin mir sicher, dass du eine wunderbare Heilerin bist. Schließlich bist du auch die einzigartige Frau, die mich in ihren Bann gezogen hat.“

„Schmeichler“, sagte sie und brachte ein kleines Lächeln zu Stande. Sie ergriff seine Hand. „Lass uns hineingehen. Die Nacht ist kühl und zu kurz, um die wenigen Stunden zu verschwenden, die uns bleiben.“

Sie kehrten ins Haus zurück. Keiner von ihnen bemerkte den weißen Hirsch, der am Rande des Waldes stand und sie beobachtete. Als das Licht in der kleinen Hütte erlosch, verschwand er in der Dunkelheit.

Im Haus kuschelte Abbie sich in Luciens starke Arme. Heute hatte sie viel über ihn und auch über sich selbst gelernt. Sie würde eine Weile brauchen, um alles wirklich zu erfassen und zu verarbeiten. Im Moment zählte jedoch nur, dass er bei ihr war und sie ganz fest hielt. *Es fühlt sich so gut an, mit ihm zusammen zu sein.* Lucien schien sie auf eine Weise zu ergänzen, die ihr bis dahin vollkommen unbekannt war. Anscheinend hatte sie eine ähnliche Wirkung auf ihn.

Er strich ihr die Haare aus dem Gesicht und küsste ihre Stirn. „Schlaf, Liebes. Du hattest einen anstrengenden Tag und brauchst deine Ruhe."

Sie streckte sich ihm entgegen und suchte seine Lippen. „Ich will nicht schlafen. Wenn ich aufwache, dann bist du verschwunden."

„Ich wünschte, ich könnte bei dir bleiben, aber es ist unmöglich", sprach er bedauernd und gab ihrem Drängen nach, sie richtig zu küssen. Es war zu ihrem Besten, dass er nicht hier war, wenn er erwachte und der Blutdurst alles andere überschattete. Die kurze Zeit, in der sein Verstand vernebelt war und der Dämon regierte, reichte aus, um sie ernsthaft zu verletzen oder - schlimmer noch - sie sogar zu töten. Das wollte und durfte er nicht zulassen. Außerdem konnte sie ihn hier nicht verstecken. Irgendwann würden die Leute aus dem Dorf seine Anwesenheit bemerken.

„Ich muss gehen, aber ich werde wiederkommen", versprach er.

Abbie nickte und schloss die Augen. Sie konnte gerade noch „Ich liebe dich“, flüstern, bevor die Müdigkeit sie endgültig übermannte und sie in einen tiefen Schlaf fiel.

Lucien zog sie an sich und streichelte ihr seidiges Haar.

„Ich liebe dich auch“, sagte er leise und wachte über ihren Schlaf.

8. Kapitel

Lucien hielt sich an sein Versprechen und besuchte sie jede Nacht. Sie liebten sich, redeten stundenlang und ab und zu ging er ihr bei Arbeiten im Haus zur Hand, die sie tagsüber noch nicht erledigt hatte. Es war zwar ein wenig eigenartig, so zu leben, aber Abbie gewöhnte sich daran, wenigstens einen Teil der Nacht wach an seiner Seite zu verbringen. Sie konnte spüren, wann er sie verließ, aber sie begann die Tage mit einem Lächeln, weil sie wusste, er würde bei ihr sein, sobald die Sonne untergegangen war.

Abigail hielt sich an seinen Rat und trug ein kleines Kreuz um den Hals. Die Kette hatte ihrer Mutter gehört und war neben dem Dolch ihr wertvollster Besitz. Etwa eine Woche nach ihrer ersten Begegnung mit Lucien kamen der kleine Michael und Anna sie besuchen.

„Hallo ihr beiden! Wie komme ich zur Ehre eures Besuches?“

Michael stürzte sich auf sie und umarmte sie. „Tante Abbie! Wir wollten sehen, wie es dir geht.“

Anna nickte. „Du hast dich in den letzten Tagen so selten blicken lassen. Wir wollten nur nachsehen, ob bei dir alles gut ist.“

Abbie hörte die Sorge in der Stimme ihrer Freundin. Irgendetwas musste passiert sein. Sie umarmte Michael und sagte dann zu ihm: „Das ist lieb von euch. Michael, hast du Durst? Ich habe frischen Apfelsaft auf dem Küchentisch stehen. Nimm dir doch einen Schluck.“

„Lecker! Danke, Tante Abbie“, rief er freudig und war im Haus verschwunden. Abbie ging auf seine Mutter zu und umarmte sie ebenfalls.

„Was ist los, Anna?“

Diese versicherte sich, dass Michael im Haus war, bevor sie sprach. „Sie haben die Leiche von diesem Schwein Rob gefunden.“

Abbie erblasste und schluckte den Kloß hinunter, der sich in ihrem Hals gebildet hatte. „Was ist mit ihm passiert?“

Anna erschauderte. „Ich habe gehört, dass sein Leichnam ziemlich übel zugerichtet war. Es scheint, als wäre er von Wölfen zerfleischt worden.“

„Oh Gott!“ Abbie begann, sich Sorgen zu machen. „Weiß man denn schon, wie es dazu gekommen ist?“

Anna zuckte mit den Schultern. „Pete hat ihn gesucht und auch gefunden. Die beiden sind mal wieder aneinandergeraten. Er meinte, dass Rob ihn niedergeschlagen hätte und dann verschwunden wäre. Allerdings ist mir im Moment egal, von wem er tatsächlich zur Strecke gebracht wurde. Der Kerl hat sich mehr Feinde gemacht, als er zählen konnte. Ich wollte nur wissen, ob es dir gut geht. Nachdem sowohl Callum als auch Rob verschwanden und du dich nicht hast blicken lassen, habe ich mir Sorgen gemacht. Es ist kein Geheimnis, dass die beiden Schweine hinter dir her waren.“

Abbie drückte ihre Freundin an sich. „Es tut mir leid. Ich wusste nicht, dass sie verschwunden sind. Da sie mich in letzter Zeit öfter belästigt hatten, entschloss ich mich, das Dorf für eine Weile zu meiden.“

Das war zwar eine Lüge, aber die Wahrheit konnte sie Anna nicht erzählen.

„Ich finde es unheimlich. Als ich vor einigen Tagen so spät abends noch unterwegs war, hätte ich schwören können, dass mich jemand verfolgte. Allerdings muss ihn wohl irgendwas gestört haben, bevor er zuschlagen konnten."

Das entsprach soweit ja auch der Wahrheit. Nur, dass es nicht etwas, sondern jemand gewesen und sie knapp mit ihrem Leben davongekommen war. Abigail hasste es, Anna anzulügen, aber was für eine Wahl hatte sie schon?

„Pass bloß gut auf dich auf, Abbie! Bist du sicher, dass du allein hier draußen bleiben willst? Du kannst auch gern bei uns unterkommen", bot sie an.

Doch Abigail schüttelte den Kopf. „Vielen Dank für das Angebot, Anna. Aber wir wissen beide, dass ihr schon genug zu tun habt. Außerdem sind hier meine Kräuter und alles, was für mich von Bedeutung ist."

„Na gut", seufzte Anna. „Du hast recht, aber ich mache mir eben Sorgen um dich. Ich wünschte, du würdest jemanden finden, der gut auf dich acht gibt und weiß, was für ein Schatz du bist."

Ich habe diese Person gefunden, dachte Abbie. *Nur leider ist es uns verwehrt, eine gemeinsame Zukunft zu haben ...*

„Da bist du nicht die Einzige, aber man kann nichts erzwingen. Ich habe mich schon halb damit abgefunden, als einsame, alte Kräuterfrau zu enden", gestand sie ihrer Freundin.

„Bitte sag so etwas nicht! Du bist noch jung und vielleicht triffst du ja ganz überraschend deinen Traumprinzen", versuchte Anna, sie aufzumuntern.

Dunkler Engel würde ihn wohl besser beschreiben, dachte Abbie. Sie konnte damit sehr gut leben und hoffte nicht auf einen Prinzen. Allerdings war sie es leid, über dieses Thema nachzudenken. Sie wollte die Zeit mit Lucien genießen, so lange sie konnte, auch wenn sie niemandem davon erzählten durfte.

„Komm, lass uns nachsehen, ob Michael meinen ganzen Saftvorrat ausgetrunken hat", sagte sie und führte Anna in ihre kleine Hütte.

Zum Glück hatte sich der aufgeweckte Junge zurückgehalten und sorgte dafür, dass die drei viel zu lachen hatten. Abbie freute sich zu sehen, wie gut er sich erholt hatte. Jedoch konnte dies den kleinen Stich nicht lindern, der ihr Herz durchzuckte, als sie Anna mit ihrem Sohn beobachtete. Abbie bedauerte es zutiefst, dass sie niemals Gelegenheit haben würde, Luciens Kinder zu gebären und für sie zu sorgen.

Als ihre Freundin sich am späten Nachmittag verabschiedete, bat Abbie Anna um Vorsicht.

„Ich weiß, wir hatten in den letzten Tagen Ruhe vor Vampiren, aber tut mir den Gefallen und bleibt nach Sonnenuntergang im Haus."

Sie befühlte ihr kleines Silberkreuz, das zwischen ihren Brüsten ruhte, und versuchte, sich an alle Ratschläge zu erinnern, die Lucien ihr über seine Art gegeben hatte.

„Ladet niemanden in euer Haus ein, den ihr nicht kennt, und tragt nach Möglichkeit ein Kreuz um den Hals. Ich habe gehört, dass es die Dämonen fernhalten soll."

Anna sah sie überrascht an. „Wenn du mich darum bittest, dann wirst du schon einen Grund dafür haben. Woher weißt du das alles?“

Tja, was sollte sie darauf sagen? „Ich habe mich daran erinnert, dass meine Lehrerin einmal darüber gesprochen hatte. Da es zu der Zeit keine Probleme mit Vampiren gab, habe ich es als Humbug abgetan. Das würde ich auch jetzt noch, wenn ich nicht mit eigenen Augen gesehen hätte, was diese Monster anrichten können. Ich kann spüren, dass sich etwas in den Wäldern versteckt hält, was viel gefährlicher als die Wölfe oder Callum ist.“

Abigail wusste nicht, warum sie sich so sicher war, aber Lucien meinte sie damit nicht. Er hatte sie nicht ohne Grund gewarnt und diese Warnung gab sie nun an die Menschen weiter, die ihr etwas bedeuteten. Anna würde sich zwar über ihre kryptischen Aussagen wundern, es jedoch nicht als Teufelswerk oder Hexerei abtun.

Sichtlich erschüttert ergriff Anna ihre Hände. „Oh Gott! Bist du wirklich sicher, dass du allein hierbleiben willst?“

Abbie nickte. Sie war nachts nicht allein und mit den Menschen würde sie zurechtkommen.

„Ja, ich weiß mich zu schützen und befolge strikt meine eigenen Ratschläge. Sei so gut und tu das ebenfalls. Ich möchte nicht, dass euch etwas zustößt.“

„Na gut. Ich wünschte, irgendjemand würde uns endlich von diesem Ungeheuer befreien. Es gibt Zeiten, da habe ich wirklich Angst, dass es jemanden erwischt, der mir nahesteht.“

„Wer weiß, vielleicht geschieht ein Wunder und dein Wunsch wird erfüllt“, sagte Abbie. Sie sah, dass die Sonne schon tief am Horizont stand, und drängte zur Eile.

„Ihr müsst jetzt los. Connor macht sich bestimmt schon Sorgen und es dauert nicht mehr lang, bis die Sonne untergeht.“

„Mach’s gut, Abbie, und komm in den nächsten Tagen doch bei uns vorbei. Connor würde sich freuen, dich auch mal wieder zu sehen. Du könntest bei uns übernachten.“

„Ich komme, aber schlafe lieber in meiner kleinen Hütte, danke.“

Abigail küsste Michael auf die Wange und sah zu, wie die beiden den schmalen Pfad entlang gingen und schließlich im Wald verschwanden. Besorgt musterte sie den Himmel. Sie hoffte, dass Anna bei Sonnenuntergang sicher zu Hause war. Sie hatte nicht gelogen, als sie ihrer Freundin sagte, sie könne etwas Unheimliches im Wald spüren ...

Abbie kehrte in ihr Häuschen zurück, aß zu Abend und machte sich bettfertig. Vorsorglich verriegelte sie die Tür, bevor sie sich entkleidete und ihr einfaches Nachthemd überzog. Lucien hatte oft genug bewiesen, dass der einfache Riegel kein Hindernis für ihn darstellte, und alle anderen würde er immerhin für kurze Zeit aufhalten.

9. Kapitel

Als Lucien an diesem Abend erwachte, fühlte er eine eigenartige Unruhe in sich, die nichts mit seinem Blutdurst zu tun hatte. Eine Art böse Vorahnung erfüllte ihn. *Ich bin nicht mehr allein in der Gegend*, flüsterten ihm seine Instinkte zu. Anscheinend war der andere Vampir zurückgekehrt.

Schnellen Schrittes verließ er sein Versteck und machte sich auf die Suche nach Nahrung. Er wagte es nicht, hungrig zu Abbie zu gehen. Die kleinen Schlucke, die er ihr des Nachts stahl, schadeten ihr nicht, aber um einen Vampir zu sättigen, benötigte es viel mehr. Es dauerte viel länger, als ihm lieb war, um die passenden Opfer zu finden. Seitdem er mit Abbie zusammen war, vermied er es, die Menschen, die ihm als Blutspender dienten, zu töten. Lucien wollte über diese Veränderung nicht zu genau nachdenken. Allerdings war unbestritten, dass er sich wegen Abigail wesentlich vorsichtiger verhielt. Er wollte nicht, dass er zufällig jemandem schadete, der etwas mit ihr zu tun hatte oder dass das mysteriöse Verschwinden der Leute auf sie zurückfiel. Er hatte zu oft gesehen, wie schnell aus dem Pöbel ein wütender, mörderischer Mob wurde, der weder mit Vernunft noch mit Beweisen zum Umdenken bewegt werden konnte. Dass Callum und Rob verschollen, beziehungsweise auf schreckliche Art und Weise zu Tode gekommen waren, reichte aus, um Gerüchte zu schüren, die keiner von ihnen gebrauchen konnte. Es war nicht so, dass die Leute im Dorf die beiden Männer vermissen würden, ganz im Gegenteil, aber der eine oder andere witterte eine Möglichkeit, sich eines lästigen Problems zu entledigen. Lucien war immer wieder überrascht, wie kurzsichtig die Menschen doch handelten. Abbie war wichtig für die Dorfgemeinschaft, tat niemandem etwas zu Leide und war nicht ersetzbar. Eine talentierte Heilerin zu haben, war überlebenswichtig. Sie hatte ihm jedoch erzählt und demonstriert, dass sie mit ihrer Meinung nicht hinter dem Berg hielt, was so manch einem gegen den Strich ging. Lucien lächelte. *Nein, Abbie hat wirklich keine Scheu davor, mir ihre Meinung zu sagen.* Sie war die einzige Person, die es wagte, mit ihm zu streiten oder ihn zu necken, seitdem er zum Vampir geworden war. Selbst als Mensch hatte das kaum einer gewagt. Seine Position als Sohn des Gutsherrn und auch sein bestimmendes Auftreten hatten schon damals dazu geführt, dass sich die meisten seinem Willen beugten.

Er hatte jedoch auch bemerkt, dass Abbie sehr wohl abwog, was sie tat. Es war nicht so, dass sie jedem sagte, was er oder sie zu tun oder zu lassen hatte. Sie schaltete sich nur ein, wenn es um die Gesundheit der Dorfbewohner ging. Das war ihr gutes Recht als Heilerin. Insbesondere Männern war es oftmals ein Dorn im Auge, sich von einer Frau Vorschriften machen zu lassen. Zudem wehrte sie die aufdringlichen Annäherungsversuche der Männer ab, die sie als leichte Beute ansahen und belästigten. Es sagte einiges, dass keiner der dummen Menschen erkannte, was für ein Schatz und eine wunderbare Frau sie doch war.

Aber das ist jetzt ohnehin egal. Abbie gehört mir, dachte er, während er sich an sein letztes Opfer heranpirschte. Die Frau war schon etwas älter, aber noch bei bester Gesundheit, was erstaunlich war. Die meisten Menschen erreichten dieses Alter nie. Als er nur noch wenige Meter von ihr entfernt war, spürte er eine bekannte Energie. Lucien runzelte die Stirn. *Das kann doch nicht möglich sein ...*

Überraschend drehte die Alte sich zu ihm herum und sah ihm direkt in die Augen. Das war beinahe unmöglich, denn er war fast vollkommen mit den Schatten verschmolzen.

„So trifft man sich also wieder, Vampir“, sagte sie mit kräftiger Stimme, die ihm sehr wohl bekannt war.

„Es scheint, als wärest du wirklich die Hexe, für die ich dich damals schon gehalten habe“, antwortete er und trat ins Mondlicht.

Die Alte lachte gackernd. „Warum sollte ich es abstreiten? Mir ist der Begriff Hüterin allerdings lieber.“

Ihre Aussage machte durchaus Sinn. Die Energie, die sie ausstrahlte, war stark und rein.

„Hüterin wovon?“, fragte er neugierig. Es konnte kein Zufall sein, dass er sie ausgerechnet hier und jetzt wieder traf.

Die Frau schaute ihn mit ihren unheimlichen Augen forschend an. Sie waren von einem so hellen Grün, dass sie schon fast farblos wirkten. Scheinbar war sie zufrieden mit dem, was sie sah, und zuckte mit den Schultern.

„Ich denke, du weißt von wem, denn du bist selbst zu ihrem Beschützer geworden. Allerdings reichen meine Aufgaben viel weiter.“

Lucien blickte sie erstaunt an. „Du bist die alte Kräuterfrau, bei der Abigail in der Lehre war. Deswegen sind sich eure Energien ähnlich.“

„Auch deswegen. Das Mädchen besitzt ihre eigenen Kräfte und wird die nächste Hüterin werden. Sie ist der Grund, warum es ihr Dorf überhaupt noch gibt.“

„Der andere Vampir ist so gefährlich?“

Die Alte musterte ihn aufmerksam. „Ich denke, das weißt du am besten. Immerhin ist er dein Schöpfer."

„Marius?", fragte Lucien erschrocken. „Verdammt! Ich muss zu ihr." Er konnte sich nur zu gut vorstellen, was Marius mit Abbie vorhatte.

„Geh", sagte die Alte, „aber nimm dich in Acht. Er will ihre Kräfte für seine eigenen Zwecke missbrauchen und wird nichts unversucht lassen, um sie zu bekommen."

Lucien nickte und flog förmlich zu Abbies kleiner Hütte. Noch bevor er sie erreichte, wusste er, dass er zu spät kam, um Abbie zu warnen.

Marius war hier und er war nicht allein. Lucien konnte noch zwei weitere seiner Art spüren. Beide waren noch recht jung in ihrer neuen Existenz. Das würde erklären, warum in den vergangenen Tagen keine weiteren Angriffe auf das Dorf stattgefunden hatten. Sein Schöpfer war schon immer ein Meister der strategischen Kriegsführung gewesen. Sobald er bemerkte, dass er nicht so leicht an seine Beute kam, hatte er sich treue Kämpfer geschaffen. Junge Vampire waren nicht so stark wie er, aber ihrem Schöpfer zumeist treu ergeben. Sie hatten noch keine Zeit zu begreifen, dass auch ein Vampir sterben konnte. Lucien schwang sich auf einen Ast und bewegte sich lautlos in den Bäumen, die rings um die Hütte standen. Bei so ungünstigen Verhältnissen war es besser, aus dem Hinterhalt anzugreifen. Er verfluchte den Umstand, dass er sein Schwert nicht dabei hatte. Damit war es viel leichter, einem Vampir den Kopf abzutrennen. Er überlegte einen Moment, während er die Lage betrachtete. Der Wind stand günstig und die Neulinge würden eine Weile brauchen, bevor sie ihn wahrnahmen. Wenn er schnell war, könnte er sie ausschalten, ohne Aufmerksamkeit auf sich zu ziehen.

Er lächelte ironisch, denn er saß praktisch auf der effektivsten Waffe, die er auf die Schnelle auftreiben konnte. *Zeit für den guten alten Holzpflock*, dachte er. Nun musste er an einen Ast kommen, der diesen Zweck erfüllte, ohne den Feinden seinen Aufenthaltsort zu verraten. Suchend blickte Lucien sich um, bis er einen kräftigen Ast auf dem Boden liegen sah. Dieser war anscheinend beim letzten Sturm abgebrochen und hatte ein schönes, spitzes Ende. Jetzt musste er nur noch dafür sorgen, dass er auf der richtigen Seite stand.

Lautlos ließ er sich zu Boden gleiten und griff nach seiner Waffe. In der Deckung der Schatten pirschte er sich an den ersten Vampir an. Angewidert stellte er fest, dass dieser nicht mal siebzehn Sommer als Mensch gelebt hatte. Der Vampir sah wie der nette Nachbarsjunge aus: blonder Wuschelkopf, rundes Gesicht und Sommersprossen. Menschen würden nur die nette Hülle sehen und nicht den Dämon darin. Lucien schlich sich von hinten an ihn heran, hielt ihm den Mund zu und rammte ihm den angespitzten Ast ins Herz. Einen Augenblick lang starrte der Junge auf das blutige Ende, das aus seiner Brust ragte, bevor er zu Staub zerfiel. *Ruhe in Frieden*, murmelte Lucien in Gedanken. *Der erste Vampir ist erledigt, bleiben nur noch zwei.* Er betete zu allen Göttern, die eventuell dem Wunsch eines Vampirs Gehör schenken würden, dass Marius ihn erst bemerkte, wenn es nur noch sie zwei gab. Vorher sollte Abbie in Sicherheit sein, denn es gab keine Garantie, dass er selbst als Gewinner hervorgehen würde. Lucien schloss die Augen und lauschte auf die Geräusche in seiner Umgebung. Die Nacht war verdammt ruhig. Alle Tiere hatten sich verzogen. Die Gefahr, die von mehreren Vampiren ausging, vertrieb alles Lebende. Zu seiner Linken hörte er ein leises Rascheln und drehte sich genau in dem Moment weg, als ein Schwert auf ihn zugesaust kam. In der Drehung packte er sein Gegenüber, zerrte dessen Arm mit sich und kugelte ihn somit aus. Das Heulen, das der verletzte Vampir von sich gab, zerriss die Stille. Lucien verwandelte ihn mit einer schnellen Bewegung zu Staub und verfluchte sich für diese kleine Unaufmerksamkeit. Spätestens jetzt war Marius gewarnt. Schnell klaubte er das Schwert seines Gegners auf und schlich zur Hütte. Er hoffte nur, dass Abbie im Haus bleiben würde, egal was vor ihrer Tür auch geschah.

Abigail ging unruhig auf und ab. Die Sonne war vor einer Stunde untergegangen und noch immer gab es keine Spur von Lucien. Sie bekämpfte den irritierenden Drang, nach draußen zu gehen und nach ihm zu suchen. *Ich wüsste ja noch nicht einmal, wo er sich aufhält*, dachte sie verzweifelt. Allerdings hörte sie seine Warnungen noch sehr deutlich.

„Bleib unter allen Umständen nach Sonnenuntergang im Haus. Trage dein Kreuz und bitte niemanden herein. Vampire können dein Heim nur betreten, wenn du es erlaubst.“

Falls ihm schon etwas zugestoßen war, dann wäre es reiner Selbstmord, in die Nacht hinauszugehen. Sie wusste, dass sich etwas Unheimliches im Schatten des Waldes herumtrieb. Alle ihre Sinne waren in Alarmbereitschaft und Abbie konnte das Gefühl der herannahenden Gefahr nicht abschütteln. *Wenn doch nur Lucien endlich käme!* An seiner Seite oder in seinen Armen müsste sie nichts fürchten.

Sie zuckte zusammen, als sie ein schmerzerfülltes Heulen in der Dunkelheit hörte. Damit war bewiesen, dass sie nicht mehr allein war. Die Frage war nur, wer ihr auflauerte und ob sie auf Hilfe hoffen konnte. Es half ihr nichts, dass Vampire ihr Haus nicht betreten konnten, wenn sie die kleine Hütte einfach anzündeten. Abbie lauschte in die unheimliche Stille. Sie betete, dass Lucien bald kommen und ihr versichern würde, dass alles gut sei. Entnervt von ihrer eigenen Schwäche, ergriff sie ihren kleinen Dolch. Ein Vampir würde sie wahrscheinlich auslachen, aber die Waffe gab ihr ein klein wenig Sicherheit. Sie erstarrte, als sie schnelle Schritte hörte, die sich ihrer Tür näherten. Einige Meter davor stoppten sie abrupt und der Schrei eines Kindes erklang.

„Aua! Lass mich los!"

Abigails Blut gefror in ihren Adern. *Michael! Was in Gottes Namen hat der Junge hier draußen zu suchen?*

Vorsichtig schlich sie sich an eines ihrer Fenster und versuchte, in der Dunkelheit etwas zu erkennen. Was sie sah, ließ ihr Innerstes zu Eis erstarren. Wenige Meter von ihrem Häuschen entfernt baumelte Klein-Michael in der Luft, gehalten von einer unheimlichen, dunklen Gestalt. Im Gegensatz zu Lucien fehlte diesem Vampir jede Spur von Menschlichkeit. Alles an ihm war grausam und gefährlich, wenn auch nicht direkt hässlich. Der Junge zappelte und wehrte sich gegen den schmerzhaften Griff.

„Du tust mir weh! Lass mich los!"

„Wenn du nicht augenblicklich die Klappe hältst, dann breche ich dir deinen dünnen Hals", drohte der Vampir mit einer Stimme, die Abbie Gänsehaut verursachte. *Was für ein Spiel wurde hier getrieben?*

Der Vampir richtete seine leuchtendroten Augen auf sie und Abigail erschauderte.

„Komm raus, Mädchen, oder ich werde mir einen kleinen Happen gönnen, bevor ich mich mit dir vergnüge."

Was zur Hölle soll ich tun?! Sie brauchte dringend einen Plan.

„Wer seid Ihr?", rief sie mit ängstlicher Stimme und davon war nur ein geringer Teil gespielt. Vielleicht konnte sie sich Zeit erkaufen, wenn sie tat, als wüsste sie nicht, womit sie es zu tun hatte. Ihre Stimme erweckte Michael zum Leben.

„Tante Abbie, hilf mir! Dieser böse Mann tut mir weh."

Sie schloss die Augen und zwang sich zur Ruhe. Alles in ihr wollte nach draußen rennen und den Jungen retten. Das würde für sie beide jedoch den sicheren Tod bedeuten.

„Michael? Bist du verletzt? Was machst du nachts allein im Wald?"

„Ich weiß es nicht", jammerte der Junge. „Ich habe geschlafen und im nächsten Moment stand ich allein mitten im Wald ..." Er wollte noch mehr sagen, aber der Vampir packte ihn im Genick und hob ihn ganz nah an sein dämonisches Gesicht.

„Halt' den Mund oder ich reiß' dir deine nervige, kleine Zunge heraus", drohte er und der Junge verstummte. Marius wandte sich an Abbie.

„Wenn du gehorsam bist, dann überlege ich mir vielleicht, ob ich den Bengel verschone ..."

Abigail musste keine Hellseherin sein, um zu wissen, dass er log. Irgendetwas musste sie doch tun können!

Lucien, hilf mir, rief sie in Gedanken.

Sie öffnete langsam ihre Tür und blickte den Dämon an.

„Wer seid Ihr und was wollt Ihr von mir?"

Der Vampir lächelte siegessicher und machte eine spöttische Verbeugung.

„Marius, zu Euren Diensten."

Marius? Hatte Lucien nicht gesagt, dass sein Schöpfer so hieß? Sie konnte sich noch gut daran erinnern, wie er meinte: *„Ich hoffe, du wirst ihm nie begegnen. Marius ist selbst für Vampire gefährlich und er liebt es, seine Opfer zu quälen und ihre Unschuld langsam zu zerstören."*

Verdammt! Was habe ich getan, um die Aufmerksamkeit des Obervampirs auf mich zu ziehen?

Marius atmete tief ein und kniff erbost die roten Augen zusammen. Ihm schien nicht zu gefallen, was auch immer er wahrnahm.

„Dummes Gör! Wie kannst du es wagen, deine Reinheit zu beschmutzen?"

Abbie zog die Augenbrauen in die Höhe. Trotz ihrer Angst packte sie die Wut. *Warum sind Männer eigentlich immer der Meinung, sie könnten mich einfach herumkommandieren?*

„Ich hab keine Ahnung, wovon Ihr redet."

Mit einer solchen Antwort hatte der Mistkerl anscheinend nicht gerechnet.

„Du lügst. Du hast deine kostbare Jungfräulichkeit an einen Unwürdigen verschwendet."

„Soweit ich weiß, bestimme immer noch ich, an wen ich meine Jungfräulichkeit verschwende", erwiderte sie schnaubend. Das war kein Thema, was sie vor dem Jungen mit einem bösartigen Dämon diskutieren wollte, der sie beide umbringen würde.

Der Vampir durchbohrte sie mit seinem Blick und kniff dann erbost die Augen zusammen. Abbie fragte sich, ob er versuchte, sie gedanklich zu manipulieren, und hoffte, dass er scheiterte. Kurz darauf breitete sich ein böses Lächeln auf seinem Gesicht aus.

„Mach nur weiter so und ich werde dem Kind jeden Knochen einzeln brechen."

Abbie erbleichte. „Lasst Michael aus dem Spiel. Ihr wollt mich haben, der Junge hat nichts damit zu tun."

Marius schnalzte mit der Zunge. „Tss, ihr Weiber werdet eindeutig zu wenig geschlagen. Zu meiner Zeit hätte man dich schon längst in deine Schranken verwiesen und dann als Hexe verbrannt."

Sie konnte sich einen bissigen Kommentar nicht verkneifen. „Na ein Glück, dass sich die Gesellschaft in den letzten dreihundert Jahren weiterentwickelt hat." *Nicht viel, aber immerhin ein wenig.*

Einen Augenblick lang starrte er sie an. Der Kerl war es definitiv nicht gewohnt, dass ihm jemand widersprach und er keine Kontrolle über sie hatte. Dann sprühten seine blutroten Augen förmlich Funken.

„*Du* wagst es, dich über *mich* lustig zu machen?!" Er packte Michael noch fester und entblößte dessen zarten Hals. Michaels Schmerzensschrei ließ sie ihre Vorsicht vergessen. Abbie konnte sehen, wie Marius' Klauen in den Körper des Jungen eindrangen und machte automatisch einen Schritt nach vorn. Sie konnte einfach nicht mitansehen, wie das Kind gequält wurde.

„Halt! Bitte verschont den Jungen. Ihr wollt doch nur mich."

Marius lächelte bösartig. „Ja, ich will dich. Es gibt jedoch nichts Süßeres als das Blut eines Kindes."

Abbie erschauderte. Marius war wirklich das perfekte Beispiel für einen blutrünstigen und grausamen Vampir. Sie verfluchte den Umstand, dass er Michael in seiner Gewalt hatte, sonst wären ihre Gelegenheit zu überleben ein wenig höher. Marius öffnete seinen Mund und entblößte seine messerscharfen Fänge. Es war klar, dass er nicht länger mit ihr diskutieren würde. Abbie betete, dass ihr jemand zu Hilfe kommen würde, und trat dann aus dem Schutz ihres Heims.

„Hier bin ich. Jetzt lasst ihn gehen."

Seine Zähne stoppten nur wenige Millimeter vor Michaels Haut. Der Junge wimmerte ängstlich und war nahe dran, sich in die Hosen zu machen. Dass er es noch nicht getan hatte, sprach für seinen Mut.

„Komm näher, Mädchen", befahl Marius, ohne seinen Kopf auch nur ein Stück zu heben. Abbie wagte es nicht, ihm zu widerstehen. Eine falsche Bewegung und Michael war tot. Sie machte ein paar Schritte auf ihn zu, bis sie schließlich keinen Meter von ihm entfernt stand. Die Panik, die langsam ihren Rücken hinaufkroch, machte es fast unmöglich zu denken. Ihre letzte klare Eingebung war es, den Dolch außer Sichtweite zu verstecken.

Mit Entsetzen musste sie im nächsten Moment mit ansehen, wie Marius den Jungen achtlos hinter sich warf. Sein kleiner Körper kam mit großer Wucht auf dem Boden auf und blieb regungslos liegen.

„Michael!", rief sie und wollte hinterherstürzen.

Doch Marius packte sie mit einem schraubstockartigen Griff und entwand ihr den Dolch. Er presste sie an sich und Abbie musste ein Würgen unterdrücken. Nach den atemberaubenden Nächten, die sie mit Lucien verbracht hatte, war die Vorstellung, von diesem Monster vergewaltigt zu werden, noch viel unerträglicher. Sie schauderte, als er seine Hakennase in ihrer Halsbeuge vergrub und an ihr schnupperte. Erstaunt zog er seinen Kopf zurück und blickte sie an.

„Was zum Teufel!“, wetterte er, als ganz in der Nähe im Wald ein Heulen erklang. Wütend blickte Marius sich um und erstarrte plötzlich.

„Lass sie los“, mischte sich kurz darauf eine neue Stimme ein.

Lucien! Abbies Herz schlug schneller. Sie konnte Lucien hinter seinem Schöpfer stehen sehen. Er schien ein gutes Druckmittel zu haben, denn Marius stieß sie von sich und drehte sich um.

„Ich kann nicht glauben, dass du dich mir in den Weg stellst“, meinte er empört.

Lucien zuckte lässig mit den Schultern und Abbie konnte das blutbefleckte Schwert in seiner Hand sehen.

„Sie gehört mir“, meinte er mit einer Deutlichkeit, die keinen Zweifel an seinem Besitzanspruch erkennen ließ.

„Also warst du es, der ihre Unschuld geraubt hat“, brachte Marius wütend hervor. Aus irgendeinem Grund schien es wichtig für ihn zu sein.

Lucien wunderte sich. *Eigentlich hätte er mich an Abbie überdeutlich riechen müssen ...*

„Ja, ich konnte nicht widerstehen“, gab er mit einem zufriedenen Lächeln zu. Sein Blick war fest auf sein Gegenüber gerichtet, auch wenn er gern nach Abbie gesehen hätte. Ein Moment der Unachtsamkeit und er wäre Staub.

„Wie du dich vielleicht noch erinnern kannst, teile ich nicht gern“, sagte er im Plauderton.

Marius hob die Augenbrauen. Die Drohung war ihm nicht entgangen.

„Ich hatte Pläne mit ihr und du bist gerade dabei, sie zu durchkreuzen.“ Er musterte Lucien. „Irgendetwas ist anders an dir. Bisher war dir herzlich egal, was mit meinen Opfern passiert.“

„Dinge ändern sich.“ Lucien hoffte, dass Abbie ihm den nächsten Satz verzeihen würde, wenn sie lebend aus der Sache herauskamen. „Sie ist recht amüsant im Bett, so gelehrig.“ Er hörte ihr entsetztes Keuchen und hasste sich dafür, dass er ihr Schmerzen zufügen musste. Aber so war es besser, denn dann würde Marius vielleicht nicht hinter ihre wahre Beziehung kommen. Es gab allerdings keine Garantie, dass er auf seine List hereinfallen würde.

„Es ist auf Dauer langweilig, sich immer mit Huren begnügen zu müssen. Unschuld ist doch ein viel größerer Genuss und ich kann sie mir formen, wie ich möchte“, meinte er mit einem arroganten Unterton.

Abbie stolperte fassungslos zurück. Sie konnte nicht glauben, dass Lucien so abfällig über ihre gemeinsame Zeit redete.

Marius lachte. „Das erklärt natürlich, warum du so lange mit ihr spielst. Allerdings kommt es mir in diesem Fall sehr ungelegen. Unberührt wäre der Machtgewinn um einiges höher gewesen.“

Das klang nicht gut. „Wovon redest du, Marius? Die Kleine hat eine interessante Lebensenergie, aber nichts, womit man etwas anfangen könnte.“

Sein Schöpfer lächelte überlegen. „Das würdest du wohl gern wissen?! Es gibt Dinge, die ich dir nicht ohne Grund vorenthalten habe.“

Er musterte den jüngeren Vampir abschätzend. Lucien wäre ein harter Gegner, wenn es zu einem Kampf kam, aber vielleicht könnte er ihn auf seine Seite ziehen ...

„Menschen, die eine besondere Lebensenergie haben, behalten diese Fähigkeiten auch als Vampir. Sie werden sogar noch verstärkt."

Lucien zuckte mit den Schultern. „Sie ist Heilerin, was würde dir das bringen? Vampire heilen doch schnell genug."

„Oh, das mag sein, aber ich meinte eher die Magie, die das Dorf vor uns schützt."

Also hatte die Alte wirklich recht gehabt, dachte Lucien.

„Das Dorf? Was interessiert dich daran? Es ist nur ein Haufen dummer Menschen in ärmlichen Hütten."

Marius schlenderte ein paar Schritte, während er seinen Plan darlegte.

„Das mag schon sein, aber es ist schön abgeschieden und könnte gut als Basis dienen. Außerdem ist es immer gut, wenn man sein Essen in der Nähe hält." Er warf Abbie einen schnellen Blick zu, bevor er sich wieder auf Lucien konzentrierte. „Ihre Kräfte würden dafür sorgen, dass wir vor feindlichen Angriffen geschützt wären. Stell dir das einmal vor! Wir könnten endlich so über die Menschen gebieten, wie es sein sollte. Was sind sie anderes als Sklaven und Vieh?"

Lucien wollte sich so eine Zukunft nicht ausmalen. Eine Herrschaft, wie sie Marius vorschwebte, würde in Blutbädern und Gewaltexzessen enden. Er hatte einmal gesehen, wie sich andere Vampire Menschen in Käfigen hielten oder aus Spaß Katz und Maus mit ihnen spielten. Der Dämon in ihm mochte bei der Vorstellung jubilieren, aber der kümmerliche Rest seiner Menschlichkeit wehrte sich mit Händen und Füßen dagegen. Es wäre allerdings ein großer Fehler, seine Gefühle Marius gegenüber zu äußern.

Lucien betrachtete Abbie mit einem hungrigen Blick. Das war nicht schwer, denn sein Verlangen nach ihr konnte nicht gestillt werden.

„Du meinst also, wenn wir sie wandeln, dann könntest du deine Machtposition ausbauen und bequem leben, ohne ständig den Ort wechseln zu müssen?"

„Klingt verlockend, nicht?"

„Oh ja, allerdings will ich noch eine Weile mit ihr spielen. Wenn sie mich langweilen sollte, würde ich sie dir zur Verfügung stellen."

Bedrohlich ging er auf Abbie zu. Diese wich vor ihm zurück. Er verhielt sich ihr gegenüber so anders, dass sie nicht mehr wusste, was sie fühlen oder denken sollte. Lucien lachte und zog sie an sich.

„Spiel mit, Liebes", flüsterte er ihr ins Ohr. Einen Augenblick lang wusste sie nicht, was das zu bedeuten hatte, aber sie konnte sehen, dass Marius sie aufmerksam musterte. Auf einmal verstand sie, was er von ihr wollte.

„Nimm deine dreckigen Pfoten von mir, du Mistkerl!", rief sie und wehrte sich gegen seinen Griff.

Lucien grinste. „Soweit ich mich erinnern kann, magst du meine Hände auf deinem Körper und noch ein paar andere Dinge ..." Er packte ihre Haare und presste seinen Mund fast schon brutal auf ihren. Abbie konnte nicht verhindern, dass ihr ein Stöhnen entfuhr und ihre Finger sich in sein Fleisch krallten. Wie aus weiter Ferne hörte sie Marius lachen.

„Ich verstehe, warum du dich mit ihr amüsierst. Sie hat Feuer im Blut. Es dürfte ein Vergnügen sein, sie zu unterwerfen."

„Nimm den Jungen und lauf ins Haus", flüsterte er an ihren Lippen. „Bleibt drin. Egal, was passiert."

Laut sagte er: „Ja, es macht durchaus Spaß, sie zu korrumpieren und Dinge tun zu lassen, die gegen ihre Moralvorstellungen verstoßen."

Abbie versuchte, ihn abzuschütteln, und sah ihn angewidert an.

„Du elendes Schwein! Lieber würde ich einer ganzen Bande Tagelöhner dienen, als zuzulassen, dass mich einer von euch anfasst", schwor sie. Etwas Besseres war ihr auf die Schnelle nicht eingefallen.

„Das kannst du gerne haben", meinte Lucien und stieß sie schwungvoll von sich, sodass Abbie nur wenige Zentimeter neben Michael zu Boden fiel. Sie unterdrückte einen Schmerzensschrei und den Drang, ihr misshandeltes Hinterteil zu reiben. Stattdessen kroch sie zu dem Jungen und nahm ihn in ihre Arme.

„Ihr Monster! Habt ihr denn nichts Besseres zu tun, als wehrlose Frauen und Kinder zu quälen?"

Erleichtert stellte sie fest, dass Michael noch atmete und auch bis auf ein paar Kratzer und eine kleine Beule am Kopf keine größeren Verletzungen zu haben schien. Als sie seinen Kopf befühlte, schlug er die Augen auf. „Tante Abbie", fing er an, aber sie hielt ihm schnell den Mund zu.

„Schsch. Sag keinen Ton und lauf' ins Haus, wenn ich es dir sage. Verstanden?", flüsterte sie ihm zu, während sie die beiden Vampire vor ihr beobachtete. Michael sah sie mit großen Augen an und nickte schließlich. Vorsichtig stellte sie ihn auf die Beine und machte sich bereit, um ihr Leben zu rennen. Nur wenige Meter trennten sie von ihrer sicheren Zuflucht, aber Lucien und Marius hatten eindrucksvoll demonstriert, wie schnell sie sein konnten. Die beiden Vampire standen nah beieinander und achteten nicht auf sie. Abbie ergriff Michaels Hand.

„Jetzt", rief sie leise und rannte los.

Auch wenn es den Anschein hatte, als würden sie nichts von der geplanten Flucht wissen, so war doch das Gegenteil der Fall.

„Die Kleine dürfte wirklich interessant sein", meinte Marius.

„Oh ja, sie ist wirklich süß, in mehr als einer Hinsicht", kommentierte Lucien. „Sie versucht immer wieder zu fliehen. Es ist wirklich anregend, sie zu fangen und zu zähmen."

„Was du nicht sagst." Marius machte Anstalten, den Menschen zu folgen, und sah überrascht auf, als Lucien ihm das Schwert an den Hals hielt. Es dauerte nur einen kurzen Augenblick, bis er die ganze Finte durchschaut hatte.

„Ich bin wirklich enttäuscht von dir", meinte er, versuchte aber nicht weiter, seine Opfer aufzuhalten. Es gab nur wenige Dinge, die einen Vampir töten konnten, und ein abgehackter Kopf gehörte dazu.

Lucien schnaubte. „Tut mir leid, aber das wird mir keine Albträume bescheren. Abbie gehört mir und ich werde dafür sorgen, dass deine Klauen sie niemals berühren."

„Du bist ein Narr", schimpfte sein Schöpfer und sprang zurück. „Ich kann nicht glauben, dass du dich von deiner menschlichen Seite lenken lässt. Du bist eine Schande für uns Vampire!“

„Das geht mir am Allerwertesten vorbei!“ Lucien hob kampfbereit sein Schwert. „Es wird Zeit, dass deine hässliche Fratze vom Erdboden verschwindet.“

„Die Kleine hat dich ja ganz schön um den Finger gewickelt, wenn du dich gegen deinen Schöpfer stellst, oder hat sie einen anderen Körperteil von dir im Griff?“, spottete Marius und zog sein eigenes Schwert.

„Sie hat vielfältige Talente, von denen du nie etwas erfahren wirst“, meinte Lucien und griff an.

Der ältere Vampir lächelte siegessicher. „Oh, ich werde viel Spaß mit ihr haben, nachdem ich dich getötet habe.“

„Das werde ich verhindern.“

Die beiden Vampire trafen so schnell aufeinander, dass nur verschwommene Schatten zu sehen waren. Funken sprühten und es folgte ein harter Kampf, der zu schnell für menschliche Augen ausgetragen wurde, um ihm zu folgen.

Abbie schlug die Tür hinter sich zu und verriegelte sie. Dann stürzte sie zum Fenster und versuchte, etwas zu erkennen. Es war beinahe unmöglich, die beiden Männer in der Dunkelheit auszumachen, und erschreckend, wie schnell sie sich bewegten. Sie betete, dass der Kampf bald enden würde und Lucien zu ihr käme. Zwar war sie noch immer verunsichert, aber er hatte ihr die Gelegenheit gegeben, den Jungen und sich selbst zu retten. Sie wandte sich dem verängstigten Kind zu, welches ihre Beine umklammert hielt. Sanft löste sie seinen Griff und nahm es in ihre Arme.

„Alles wird gut, Michael“, sagte sie und strich ihm liebevoll über den Kopf. Dieser hob sein tränenverschmiertes Gesicht.

„Was sind das für böse Männer?“, fragte er.

„Vampire, aber nur einer ist böse“, erklärte Abbie ihm.

„Deswegen kämpfen sie gegeneinander?“

„Ja, Lucien hat uns die Gelegenheit zur Flucht geboten.“

„Du magst ihn“, stellte das Kind erstaunt fest, „obwohl er so gemein zu dir war.“

Abbie errötete, Michael war zu aufmerksam für sein Alter.

„Das war nur eine List, um uns etwas Zeit zu verschaffen.“ Zumindest hoffte sie das. Sie hasste es, Lucien nicht helfen zu können, aber sie musste sich um den Jungen kümmern.

„Wo hast du überall Schmerzen?“, fragte sie.

„Mein Kopf und mein Hals tun weh.“

Abbie untersuchte ihren kleinen Patienten gründlich. Mit einer Kopfverletzung war nicht zu spaßen. Erleichtert atmete sie auf, als der Junge versorgt war und er sich schließlich etwas beruhigte. Er hatte einige Kratzer und blaue Flecken, die aber schnell verheilen würden. Die kleine Beule schien Gott sei Dank keinen großen Schaden angerichtet zu haben. Michael gestand, dass er vor lauter Angst einfach auf dem Boden liegen geblieben war, damit der böse Mann ihn in Ruhe ließ.

„Warum warst du überhaupt draußen?“, fragte Abbie.

„Ich weiß es nicht, Tante Abbie. Ich hab geschlafen und von einem komischen Mann geträumt, der mich zu sich rief. Im nächsten Moment stand ich schon im Nachthemd im Wald.“

„Ist schon gut. Jetzt bist du ja bei mir. Allerdings sollten wir dich schnellstmöglich nach Hause bringen, sonst machen sich deine Eltern große Sorgen.“

„Du meinst, wenn der böse Mann weg ist?“

„Ja, erst, wenn alles sicher ist. Zur Not warten wir, bis der Morgen anbricht.“

„Weil Vampire in der Sonne verbrennen?“

Abbie nickte. „So wird es zumindest gesagt, und da ich am Tag noch keine gesehen habe, wird es wohl stimmen.“ Sie trug Michael zum Bett. „Wie wäre es, wenn du versuchst, ein wenig zu schlafen? Dann vergeht das Warten schneller.“

Der Junge nickte und kuschelte sich in die Laken. Erstaunlicherweise schlief er schnell ein. Das Ganze war eindeutig zu viel für ihn gewesen. Abbie stand auf und trat zum Fenster. Ein Teil von ihr wünschte sich, sich ebenfalls im Bett zusammenzurollen und alles Böse da draußen zu vergessen. Allerdings konnte sie das nicht. Sie hoffte, dass es bald zu Ende war und Lucien sie in seine Arme nehmen würde.

Während Abigail sich um das Kind kümmerte, tobte draußen ein erbitterter Kampf. Beide Vampire waren entschlossen zu gewinnen, und so fochten sie bis zum bitteren Ende. Lucien sprang zurück und musterte Marius aufmerksam. Beide hatten einige Schnittwunden, die jedoch schon dabei waren zu verheilen.

„Lass es uns zu Ende bringen! Ich habe Wichtigeres zu tun, als mich mit einem Verräter zu beschäftigen“, rief sein Schöpfer.

„Nichts lieber als das", meinte Lucien und ging zum nächsten Angriff über. „Mich wundert es, dass du noch nichts vermisst."

Marius kniff die Augen zusammen und konzentrierte sich auf seine Umgebung. Leicht überrascht sah er den jüngeren Vampir an.

„Du arbeitest gründlich, das muss ich dir lassen. Frischgewandelte waren auch schon mal nützlicher, aber ich kann mir jederzeit neue Gefolgsleute erschaffen, sobald ich dich erledigt habe."

Lucien zuckte gelassen mit den Schultern.

„Ich hätte nicht so lange überlebt, wenn ich derart nachlässig wäre, wie du es heute bist." Er schwang sein Schwert und vergrub es in der Schulter seines Gegenübers.

Marius fluchte und sprang zurück. „Das wirst du mir büßen!"

„Du wiederholst dich", meinte Lucien gelangweilt. Marius war ein schwerer Gegner, aber er schien heute seltsam abgelenkt. Offensichtlich hatte ihn das Scheitern seines Plans für Abbie vollkommen aus dem Konzept gebracht. Lucien nutzte seine kleine Unaufmerksamkeit und stieß sein Schwert in Marius' Brust. Dieser starrte ungläubig erst darauf und dann Lucien an.

„Dir ist schon klar, dass mich das nicht töten kann?"

„Ich weiß, aber du bist nicht unsterblich und ich werde dich töten.", sagte Lucien, zog das Schwert aus dessen Körper, bevor Marius es festhalten konnte.

Einen Menschen hätte diese Verletzung sofort getötet, aber der alte Vampir war wenig beeindruckt. Durch seine Wut und den Wunsch, Lucien für seine Frechheit zu bestrafen, schlug Marius unbarmherzig zu. Lucien schaffte es im letzten Moment, sich außer Reichweite der tödlichen Klinge zu bringen. Statt einer fatalen Verletzung erwischte sein Gegner ihn nur leicht an der Schulter. Er wusste, dass sein Schöpfer ein talentierter und todbringender Kämpfer war und so musste Lucien auf eine kleine Unachtsamkeit hoffen. Sie fochten erbittert. Quer über die kleine Lichtung trieben sie sich und versuchten mit allen möglichen Tricks, den anderen zu einem fatalen Fehler zu verleiten. Blut und Schweiß tropften auf den Boden. Der Kampf zehrte an ihren Kräften. Irgendwann würde der Blutverlust sie derartig schwächen, dass die Aufmerksamkeit nicht mehr ausreichte, um sich zu verteidigen. Als Marius über einen Baumstumpf stolperte und sein Gleichgewicht verlor, war die ersehnte Gelegenheit endlich gekommen. Lucien nutzte sie und hieb seinem am Boden liegenden Schöpfer mit einem sauberen Schlag den Kopf ab. Die Überraschung über seine plötzliche Niederlage verweilte einen Moment auf Marius' Gesicht, bevor Kopf und Körper zu Asche zerfielen.

10. Kapitel

Schwer atmend sank Lucien auf die Knie. Die vielen kleineren Verletzungen bluteten zwar nicht mehr, aber der Kampf hatte ihn an seine Grenzen getrieben. Von der Kraft her waren sie einander ebenbürtig und nur durch Marius‘ Nachlässigkeit war es Lucien möglich gewesen, ihn zu besiegen. Seine Verletzungen bedeuteten jedoch, dass er bald Blut zu sich nehmen musste. Erst einmal wollte er nach Abbie und dem Jungen sehen. Es war typisch Marius, dass er ihre Schwachstelle gefunden und gegen sie verwendet hatte. Abbie wusste nur zu gut, wie sie sich außerhalb der Reichweite von gierigen Männern bewegen konnte. Sie hätte die Hütte niemals verlassen, wenn Marius nicht gedroht hätte, das Kind zu töten. Was er wahrscheinlich sowieso getan hätte, sobald er mit ihr fertig gewesen wäre.

Lucien verspürte kein Bedauern darüber, der Existenz seines Schöpfers ein Ende gesetzt zu haben. Es war nie seine Entscheidung gewesen, zum Vampir zu werden. Die Grausamkeit von Marius hatte ihn schon in jungen Jahren abgeschreckt und dazu geführt, dass sie getrennte Wege gingen. Er ignorierte die vielfältigen Schmerzen in seinem Körper und richtete sich wieder auf. Mit langsamen, aber sicheren Schritten ging er zu Abbies Hütte. Die Tür flog in dem Moment auf, als er sie erreichte. Abbie warf sich in seine Arme.

„Gott sei Dank, du lebst!“

„Mehr oder minder“, meinte er und atmete den herrlichen Duft ihres Haares ein.

„Geht es dir gut? Bist du verletzt?“, fragte sie besorgt und blickte auf sein zerrissenes Hemd. Doch als sie ihn untersuchen wollte, hielt er ihre Hände fest.

„Mir geht es gut und ich habe keine Verletzung, die ein guter Schluck nicht wieder heilen könnte“, versuchte er sie zu beruhigen und zog sie in seine Arme.

„Ich hatte solche Angst“, murmelte sie in sein Hemd.

Ich auch, gestand er sich ein. Nicht um sich selbst, sondern um sie. Er hob ihr Gesicht an und küsste ihre leicht zitternden Lippen.

„Jetzt ist es vorbei. Du brauchst dich nicht mehr zu fürchten.“

„Doch“, widersprach sie. „Ich habe Angst, dass du mich verlässt und ich dich nie wieder sehen werde.“

Er wusste, dass diese Furcht durchaus begründet war. „Du weißt, dass es keinen anderen Weg gibt.“

Eine Träne stahl sich aus ihren Augen. „Warum nicht? Du könntest mich wandeln ...“, flüsterte sie.

Lucien schrak zurück. „Niemals!“

Sie zuckte angesichts seiner starken Ablehnung zusammen.

„Wenn du mich nicht an deiner Seite haben willst, dann sag es mir einfach ...“

Er packte sie an den Schultern und schüttelte sie leicht.

„Hör auf, solchen Unsinn zu reden! Nichts würde mich glücklicher machen, als dich an meiner Seite zu haben, Abigail. Ich liebe dich und deswegen *kann* ich dich nicht wandeln.“

Mit dem Daumen wischte er ihre Tränen weg. „Ich könnte mir niemals vergeben, wenn ich dir dein Leben nehmen würde. Du bist das einzige Licht in meiner düsteren

Existenz, eine Verkörperung des Guten und des Lebens selbst. Wenn ich so egoistisch wäre und dich zum Vampir machte, dann würde ich einen wichtigen Teil von dir für immer auslöschen."

„Aber ..."

„Nichts aber. Die Menschen in deinem Dorf sind auf dich angewiesen und du brauchst Sonnenschein und Leben. Du hast es verdient, deine eigenen Kinder zu bekommen und einen Mann zu heiraten, den du liebst. Das alles würde ich dir verwehren. Außerdem verändert einen die Wandlung. Was ist, wenn du plötzlich Gefallen am Geschmack kleiner Kinder - wie Michael - fändest?"

Abbie drehte sich allein bei dem Gedanken daran der Magen um und sie erschauderte.

„Aber ich liebe dich und will mit dir zusammen sein!"

Bedauernd küsste er sie ein weiteres Mal. „Du wirst mich vergessen und jemanden finden, der dir geben kann, was du dir wünschst."

Abbie verfluchte das Schicksal, welches so grausam war, ihr die Liebe ihres Lebens zu schicken, nur um sie ihr wieder zu entreißen.

Lucien wurde bewusst, dass sie sich bald trennen mussten, wenn sie ohne ihn glücklich werden sollte. *Das Leben eines Menschen ist so kurz.* Der Gedanke daran, dass sie sich in einen anderen Mann verlieben und dessen Kinder bekommen würde, war beinahe unerträglich. Doch im Gegensatz zu ihm hatte sie ein Recht darauf und eine realistische Chance, glücklich zu werden. Zu ihrer beider Sicherheit sollte er sehr bald weit weg von ihr sein, sonst würde er wohl aus Eifersucht jeden Mann töten, der sie nur ansah.

Für den Moment jedoch wollte er nicht daran denken. Diese Nacht hatte genug Schrecken mit sich gebracht.

„Geht es dir und dem Jungen gut?“

Abbie nickte. „Bis auf ein paar Kratzer und blaue Flecken fehlt uns nichts. Michael wird bestimmt noch eine Weile Albträume haben, aber er hat ein sonniges Gemüt und wundervolle Eltern.“ *Die sich große Sorgen machen werden, wenn sie bemerken, dass er nicht in seinem Bett liegt.*

Lucien schien ihre Gedanken erraten zu haben, denn er sagte: „Komm, lass uns den Jungen zu seiner Familie bringen und uns dann ausruhen. Das war genug Aufregung für eine Nacht.“

Sie nickte und zusammen betraten sie die Hütte. Michael lag friedlich schlafend in ihrem Bett und sah wie ein kleiner Engel aus. Sie verstand nicht, wie jemand einem Kind wehtun konnte. Der Junge erwachte nicht, als sie ihn mitsamt dem Laken hochhob und ein wenig ächzte. Michael war in den letzten Jahren nicht gerade leichter geworden.

„Gib ihn mir. Er ist zu schwer für dich, um ihn den ganzen Weg bis ins Dorf zu tragen“, sagte Lucien.

Abbie zögerte nur eine Sekunde, bevor sie ihm den Jungen gab. Sie bezweifelte nicht, dass Michael bei Lucien in guten Händen war, aber das Bild von Marius hatte sich in ihr Hirn eingebrannt.

„Alles gut bei dir?“ Er hatte ihren unsicheren Blick und das Zögern bemerkt.

„Ja, ich weiß, dass wir bei dir sicher sind.“

Lucien verstand, was sie meinte. „Ich würde weder dir noch einem Kind etwas antun“, sagte er bestimmt.

Das war die Wahrheit, denn sonst hätte er seinen durch die Verletzungen entstandenen Blutdurst schon an ihnen gestillt. Es kostete ihn zwar einiges an Beherrschung, da er das Blut unter Michaels Haut fließen hören konnte, als sich der Junge im Schlaf an ihn kuschelte. Aber das Vertrauen von beiden in ihn half wiederum, den Dämon zu kontrollieren. Er ignorierte seine Schmerzen und richtete sich auf.

„Lass uns gehen. Wenn er sicher bei seinen Eltern ist, können wir uns ausruhen und den Schrecken hinter uns lassen.“

Abbie nickte und zog schnell ein Kleid über ihr Nachthemd, um sich vor der Kälte zu schützen. Als sie fertig war, drehte sie sich zu den beiden um und ergriff Luciens freie Hand. Der Anblick von Lucien mit dem Kind auf dem Arm ließ sie wünschen, dass sie beide ganz normale Menschen wären. Sie schwieg jedoch und hielt seine Finger fest, während sie den Weg entlanggingen.

Als sie schließlich aus dem Wald traten und am Rande des Dorfes standen, meinte er: „Ich denke, es wäre besser, wenn du den Jungen hineinbringst.“

„Ja, es wäre ein ziemlicher Schock, wenn auf einmal ein fremder Mann mit Michael auf dem Arm ins Haus platzen würde.“

„Außerdem dürfte es ihnen lieber sein, wenn kein Vampir jemals ihr Heim betritt ...“, meinte er bedeutungsvoll.

Dem konnte Abbie nicht widersprechen. „Na gut, ich brauche bestimmt nicht lange.“

So leise wie möglich betrat sie das Haus, in dem alles still war. Kurz bevor sie Michaels Zimmer erreichte, tauchte Anna mit einer Kerze in der Hand auf.

„Abigail! Was machst du denn um diese Uhrzeit hier?“, fragte sie erschrocken. Dann fiel ihr Blick auf ihren Sohn. „Was ...?“

„Pst. Ich erkläre dir gleich alles. Lass ihn uns nur vorher ins Bett bringen. Er wird langsam schwer“, sprach Abbie leise. Sie wollte weder den Jungen noch Connor wecken.

Anna sah sie verwundert an, sagte aber nichts mehr. Gemeinsam tauschten sie Michaels verschmutztes Nachthemd gegen ein frisches aus und legten ihn in sein Bett. Erschrocken sah Anna auf die Kratzer und blauen Flecken, die Abbie schon versorgt hatte.

„Lass uns in die Küche gehen. Ich hoffe, du hast eine gute Erklärung für das Ganze.“

Abbie konnte Besorgnis und Verärgerung in der Stimme ihrer Freundin hören und betete, dass sie alle Fragen beantworten konnte.

„Was in Gottes Namen ist passiert?“, fragte Anna, nachdem sich beide Frauen an den Küchentisch gesetzt hatten.

„Wenn ich das alles so genau wüsste“, seufzte Abbie. „Ich war gerade dabei, ins Bett zu gehen, als ich bemerkte, dass jemand auf meine Hütte zugerannt kam. Einen Augenblick später hörte ich Michael schreien.“

Anna erblasste und Abbie erzählte schnell weiter.

„Als ich aus dem Fenster sah, hatte ein Mann ihn gepackt oder besser ein Vampir: Marius.“

„Wer ist dieser Marius und was wollte er von euch beiden?“

Es half Anna ungemein, zu wissen, dass ihr kleiner Sohn sicher und friedlich schlafend in seinem Bett lag. Andernfalls wäre sie wohl vor Angst gestorben.

Abigail erschauderte. „Marius wollte hauptsächlich mich und hat meine Schwäche für Michael ausgenutzt, um mich unter seine Kontrolle zu bringen."

„Warum und woher wusste er das?"

„Ich kann nur raten. Marius ist der Vampir, der für die Übergriffe und Morde hier in der Gegend verantwortlich war. Er meinte, ich hätte besondere Kräfte, die ihn daran hindern würden, das Dorf anzugreifen."

„Du? Was für Kräfte sollen das sein? Glaubst du ihm?", fragte Anna. In ihrem Kopf schwirrten so viele Fragen umher, dass sie kaum einen klaren Gedanken fassen konnte.

„Ich habe keine Ahnung, was genau er meinte. Allerdings ist er nicht der Einzige, der so etwas zu mir gesagt hat", gab sie seufzend zu.

Ihre Freundin machte große Augen und dachte einen Moment lang nach.

„Da du hier vor mir sitzt und Michael in seinem Bett liegt, muss etwas an der ganzen Sache dran sein."

Abbie zuckte mit den Schultern. „Vielleicht. Ich brauche wahrscheinlich noch ein wenig Zeit, um mich mit diesem Gedanken anzufreunden, und selbst dann wüsste ich nicht, was ich damit machen sollte." Sie sah ihre Freundin an. „Ich hatte Hilfe und ohne ihn würde wohl keiner von uns noch leben."

Anna sah sie erstaunt an. „Wer? Wo ist er?"

„Ich bin ihm vor einigen Nächten begegnet", gab Abbie zu und hielt dann inne, unsicher, wie viel sie ihrer Freundin erzählen konnte und was diese von ihr denken würde.

„Du weißt, dass du mir alles anvertrauen kannst", meinte Anna und drückte ermutigend ihre Hand.

Sie seufzte. „Na gut, aber höre mich bitte zu Ende an, bevor du mich verurteilst“, bat Abbie.

„In Ordnung, auch wenn ich nicht wüsste, warum ich das tun sollte“, stimmte Michaels Mutter zu.

„Es war an dem Abend, als Michaels Fieber endlich sank. Kurz bevor ich zu Hause ankam, haben Callum, Rob und Pete mich abgefangen.“

Erschrocken hielt sich Anna die Hand an den Mund. „Oh Abbie, das tut mir leid! Warum hast du mir nichts erzählt?! Geht es dir gut?“

Diese schüttelte nur den Kopf. „Du kannst nichts dafür. Es war nur eine Frage der Zeit, bis sie mir auflauern würden. Allerdings hatte ich Glück, dass es erst nach Sonnenuntergang geschah, als schon alles dunkel war.“

Ihre Freundin runzelte die Stirn bei dieser merkwürdigen Bemerkung. „Sie haben dir doch nichts getan, oder?“

Anna fiel auf, dass Callum seit dieser Nacht verschwunden und Robs Leiche nur wenig später grausam zugerichtet im Wald aufgetaucht war.

„Abbie, was hat das alles zu bedeuten?“

Sie wusste, dass Anna die richtigen Schlüsse gezogen hatte. Nun musste sie ihre Geschichte zu Ende erzählen. „Die drei Männer überwältigten mich und Callum wollte sich gerade an mir vergehen, als plötzlich alles erstarrte.“

Abigail erinnerte sich mit Grauen an diesen Augenblick. Sie wollte wirklich nicht darüber nachdenken, was passiert wäre, wenn Lucien sich nicht eingemischt hätte.

„Als ich meine Augen öffnete, sah ich Callum in der Luft hängen. Hinter ihm stand ein Mann und hielt ihn fest. Im nächsten Moment wurde mir klar, warum, denn er biss

Callum. Kurze Zeit später ließ er dessen leblosen Körper zu Boden fallen."

Anna keuchte entsetzt auf. „Ein Vampir! Derselbe, der dir heute Nacht auflauerte?"

„Nein", meinte Abbie kopfschüttelnd. „Das ist derjenige, der Michael und mich gerettet hat."

„Das Ganze ergibt keinen Sinn. Bitte kläre mich auf", sagte ihre Freundin mit weit aufgerissenen Augen.

„Glaub mir, zu der Zeit hat es für niemanden Sinn ergeben." Abbie holte tief Luft und erzählte weiter. „Ich nutzte die Gelegenheit, mich aus dem Griff der anderen Männer zu befreien und rannte davon. Allerdings hätte ich mir denken können, dass es sinnlos war, vor ihm zu fliehen. Innerhalb kürzester Zeit hatte er mich eingeholt ..."

„Und?", fragte Anna ängstlich.

Abbie errötete. „Anstatt mich zu töten, küsste er mich."

„Nein!", rief Anna überrascht aus.

„Doch", gab Abigail zu. „Und er machte keinen Hehl daraus, was er noch von mir wollte ..."

„Abbie ..." Ihre Freundin wusste nicht so recht, was sie von der ganzen Angelegenheit halten sollte. Sie kannte Abigail nun schon viele Jahre und liebte sie wie eine Schwester. Als Anna sie nun musterte, fiel ihr etwas auf.

„Du hast dich in ihn verliebt, nicht wahr?"

„Ja, das habe ich. Sonst hätte ich niemals das Bett mit ihm geteilt", gestand sie mit feuerroten Wangen.

„Oh mein Gott! Was hast du dir dabei gedacht?"

„Ich habe mich endlich wieder geliebt und um meiner selbst willen begehrt gefühlt. Außerdem habe ich noch nie so einen anziehenden Mann gesehen und er ist sehr gut zu mir. Lucien weckte Gefühle in mir, die so unglaublich stark sind, dass sie uns beide aus der Fassung brachten."

Anna sah das Leuchten in den Augen ihrer Freundin und seufzte.

„Ich wünsche dir nichts sehnlicher als einen Mann, der dich liebt und wertschätzt. Aber ein Vampir? Ich weiß nicht, was ich davon halten soll. Liebt er dich denn?"

Abbie lächelte traurig. „Ja, aber das wird uns nichts nützen. Er ist fest entschlossen, mich freizugeben, damit ich einen Ehemann finde und Kinder bekommen kann."

Anna stand auf und nahm sie in die Arme.

„Dieser Vampir muss dich wirklich lieben, wenn er das für dich möchte."

„Ich weiß nicht, was ich tun soll, Anna! Ich brauche ihn und ich glaube nicht, dass ich jemals einen anderen so lieben könnte", schluchzte Abbie. „Ich habe ihn sogar gebeten, mich zu wandeln", flüsterte sie.

Ihre Freundin sah sie erschrocken an. „Du hast *was*?!"

„Er weigert sich. Lucien sagt, dass er sich niemals vergeben könnte, wenn er mich zu einem Monster machen würde."

Anna empfand eine Art widerwillige Bewunderung für diesen Fremden. Ein Vampir, der Abbie gerettet und verführt hatte und sie anscheinend genug liebte, um sie gehen zu lassen.

„Ich hätte niemals gedacht, dass sie überhaupt so empfinden können", gestand sie verwundert.

„Ich auch nicht, zumal er mir seine dämonische Seite in der ersten Nacht nur zu deutlich gezeigt hat. Aber er ist so anders, liebevoll, wenn er mit mir zusammen ist. Er hört mir zu, hilft mir im Haus und manchmal reden wir die ganze

Nacht über alles Mögliche. Ich kann nicht fassen, was er schon alles erlebt oder gesehen hat."

Abigail brauchte Anna nicht zu erzählen, was sie sonst in den Nächten noch getan hatten, schließlich war ihre Freundin nicht auf den Kopf gefallen.

„Was hat das alles mit heute Nacht zu tun?", fragte sie stattdessen.

„Marius war Luciens Schöpfer. Nach dem, was ich heute erlebt habe und was er mir vorher über ihn erzählt hat, war Marius selbst unter den Vampiren für seine Grausamkeit berüchtigt und gefürchtet. Er zögerte nicht, jeden zu beseitigen, der ihm im Weg stand. Sicher ist nur, dass er sich mit mir amüsieren und mich wandeln wollte. Marius hat davon gesprochen, dass er meine Kräfte nutzen könnte, um sich und sein Gefolge vor möglichen Angriffen zu schützen, um letztendlich Menschen wie das Vieh halten zu können, was sie für ihn sind."

„Ach du lieber Gott! Dieser Marius ist wirklich tot? Geht es dir gut? Ihr beide habt uns alle vor einem schrecklichen Schicksal bewahrt!"

„Ja, zum Glück. Mir geht es gut." Abbie trat zurück und sah ihre Freundin müde an.

„Ich muss jetzt gehen, Anna. Lucien wartet draußen und ich will eigentlich nur noch in mein Bett und das alles vergessen."

Anna konnte sie nur zu gut verstehen. „Ich danke dir, dass du Michael heil wieder nach Hause gebracht hast."

Abigail seufzte. „Ich wünschte, ihm wäre die ganze Sache erspart geblieben. Es ist schon für mich schwer genug, das alles zu verstehen. Ohne Luciens Hilfe hätte ich nicht den Hauch einer Chance gehabt."

„Wir werden schon dafür sorgen, dass Michael keinen bleibenden Schaden davonträgt. Du weißt doch, dass er von Natur aus ein fröhliches Kind ist."

„Ich weiß. Es gibt nichts, was so effektiv gegen den Schrecken ist wie die Liebe seiner Eltern", stimmte Abbie ihr zu.

„Komm, ich bringe dich nach draußen. Du gehörst ins Bett. Wir kommen dich in den nächsten Tagen besuchen, in Ordnung?"

„Ja, das wäre schön."

Gemeinsam gingen die beiden Frauen zur Tür und Abbie trat in die Nacht hinaus. Sie hörte Anna erschrocken Luft holen, als Lucien wie aus dem Nichts auftauchte.

„Ist alles in Ordnung mit dir und dem Jungen?", fragte er, blieb jedoch einige Schritte von ihnen entfernt stehen. Es war, als wollte er Anna nicht unnötig mit seiner Anwesenheit einschüchtern. An ihrem Blick erkannte er, dass ihr bewusst war, dass sie einem Vampir gegenüberstand. Er konnte neben ihrer Angst auch Missfallen und Besorgnis wegen seiner Beziehung zu Abbie wahrnehmen.

Abigail drehte sich zu der Frau um. „Anna, das ist Lucien. Er hat uns heute Nacht gerettet." Abbie winkte ihn zu sich und Lucien kam vorsichtig näher.

„Lucien, das ist Anna, Michaels Mutter."

Er musste Anna zugutehalten, dass sie tapfer stehen blieb und nicht gleich in die Sicherheit ihres Hauses floh. Ihre Angst war deutlich zu spüren, aber sie war fest entschlossen, ihm entgegenzutreten. Lucien ergriff Abbies Hand und zog sie an seine Seite. Ihm war bewusst, dass Anna sie aufmerksam beobachtete. Abigails Vertrauen in ihn schien sie gleichermaßen zu beunruhigen, wie es ihr eine gewissere Sicherheit gab. Er nickte ihr zur Begrüßung zu. Menschliche Floskeln waren ihm zwar bekannt, erschienen aber in Anbetracht der Situation unpassend.

Anna musterte den Fremden. Er war unleugbar attraktiv, strahlte jedoch einen Hauch von Gefahr aus. Seine Kleidung hatte während des Kampfes gelitten, zeugte dennoch von einem gewissen Reichtum. Anna nahm ihren Mut zusammen. „Vielen Dank, dass Ihr Abbie und meinen Sohn gerettet habt."

Sie konnte nicht glauben, dass sie das gerade zu einem Vampir gesagt hatte. Allerdings zeigte ihr der vertraute und liebevolle Umgang zwischen ihm und Abbie, dass er mehr als nur ein blutrünstiger Dämon war. An seinem zerfetzten Hemd konnte sie sehen, dass er erst vor kurzem in einem Kampf verwickelt gewesen war. Trotzdem stand er aufrecht und schien unverletzt.

Lucien zuckte mit der Schulter. „Ich habe nur getan, was getan werden musste. Niemand hat es verdient, in Marius' Hände zu fallen. Seine Pläne für Abigail und das Dorf gefielen mir nicht. So lange ich hier bin, steht sie unter meinem Schutz."

Anna konnte deutlich sehen, dass keinem von beiden der Gedanke an eine baldige Trennung gefiel.

„Ich danke Euch trotzdem. Abbie ist wie eine Schwester für mich und ein echter Schatz. Passt gut auf sie auf."

Er lächelte über die versteckte Drohung. Die Frau hatte Mumm in den Knochen und das respektierte er. Zumal er spürte, dass ihre Besorgnis echt war.

„Darauf könnt Ihr Euch verlassen, Anna. Ladet nachts keine Fremden in Euer Haus ein. Menschen können ungebeten passieren, Vampire nicht."

Diese nickte. „Ich werde es im Hinterkopf behalten. Nun geht nach Hause und erholt euch."

Abbie löste sich von Lucien und drückte ihre Freundin. „Schlaf gut und sag Bescheid, wenn du Hilfe brauchst."

Anna schüttelte den Kopf. „Du solltest öfter an dich selbst denken. Nun nimm deinen Vampir und geh. Die Nacht ist kurz. Schlaft gut", sagte sie mit einem Augenzwinkern und verschwand dann im Haus.

Lucien zog Abigail in seine Arme und küsste sie.

„Ich mag deine Freundin, auch wenn sie nicht ganz einverstanden mit uns beiden ist."

Abbie kuschelte sich an ihn und genoss es, von ihm gehalten zu werden. „Sie wird sich daran gewöhnen, denn sie macht sich nur Sorgen um mich. Lass uns nach Hause gehen, die Nacht ist wirklich kurz", meinte Abigail und ergriff seine Hand.

‚Nach Hause' klingt verdammt gut, vor allem, wenn es diese unglaubliche Frau beinhaltet, dachte Lucien, als sie gemeinsam durch den nächtlichen Wald spazierten. Eigentlich hätte er sich erneut auf die Jagd begeben müssen, aber er wollte die wenigen Stunden, die ihnen noch blieben, nicht damit verschwenden, anderen Menschen aufzulauern, während Abbie allein in ihrem Bett lag. Irgendwie würde er es schon schaffen, seinen Durst unter Kontrolle zu halten. Ihre gemeinsame Zeit näherte sich ihrem Ende. Davon wollte er keine Sekunde vergeuden.

Nach einiger Zeit kamen sie endlich an ihrer kleinen Hütte an und beide spürten ihre Erschöpfung deutlich.

„Lass uns schlafen gehen", schlug er vor, entledigte sich seines Mantels und führte sie zum Bett.

„Erst, wenn ich mir deine Verletzungen angesehen habe", meinte Abbie und fing an, ihm sein zerschlissenes Hemd auszuziehen, auf dem sie getrocknete Blutflecke erkennen konnte. Als sie die schlecht verheilten Schnittwunden und Kratzspuren auf seinem Oberkörper sah, zog sie scharf die Luft ein.

„Verdammt, Lucien! Warum hast du nicht gesagt, dass du so schwer verletzt warst? Du hättest Michael niemals tragen dürfen!"

Lucien sah an sich herunter. Sein Oberkörper hatte etwas mehr abbekommen, als er dachte. Was nicht weiter tragisch war, es beunruhigte ihn viel mehr, dass die Wunden noch nicht komplett verschwunden waren. Das hieß, dass er mehr Blut verloren hatte, als gut für ihn war.

„Vampire heilen schnell", versuchte er, sie zu beruhigen, aber Abbie hörte seine Sorge heraus.

„Du brauchst Blut, um dich zu regenerieren." Das war mehr eine Feststellung als eine Frage.

Er nickte. „Ja, ich habe heute Nacht nicht so viel zu mir genommen, bevor ich zu dir kam, und im Kampf habe ich einiges verloren. Sonst wären die Schnitte schon verheilt."

Abigail bewunderte diese Fähigkeit, jetzt allerdings hatte sie ein anderes Problem.

„Ich werde deine Wunden verbinden. Danach nimmst du dir, was du für die Heilung brauchst", sagte sie mit entschlossener Miene.

„Verbinden, ja. Dann ruiniere ich dir wenigstens deine Laken nicht. Von dir trinken wohl eher nicht", widersprach er.

„Warum?“, fragte sie erstaunt. „Du hast jede Nacht von mir getrunken, also wirst du es heute auch tun.“

Lucien seufzte. Diese Frau war wirklich einmalig. „Das stimmt, aber ich benötige mehr Blut und habe Angst, dass ich dir damit schaden könnte.“

Nun war es an Abbie, mit den Schultern zu zucken. „Du wirst mich schon nicht leertrinken. Dir würde bestimmt schon eine kleine Menge Blut helfen, um die Heilung voranzubringen, oder?“

Er rang innerlich mit sich. Ihr Angebot war verlockend, aber war er wirklich in der Lage, seinen Durst zu kontrollieren?

„Abbie, ich denke nicht, dass es eine gute Idee ist. Ich will dir nicht wehtun.“

„Du hast es bisher immer geschafft, dich zu beherrschen. Ich vertraue dir.“

Schließlich gab Lucien sich geschlagen und schwor, sich nur das zu nehmen, was er dringend brauchte, ohne sie zu sehr zu schwächen. „Na gut, du hast gewonnen.“

Abbie lächelte. „Schön, dass du es einsiehst. Jetzt sei so lieb und setz dich dort auf den Stuhl, während ich meine Sachen hole.“

Das brachte Lucien zum Schmunzeln. „Du kannst ganz schön herrisch sein, wenn du möchtest.“

„Ich bin es gewohnt, mit unwilligen Patienten zu arbeiten“, meinte sie, während sie fachmännisch seine Verletzungen reinigte, eine interessant riechende Salbe auftrug und alles verband. Als sie fertig war, stand Lucien auf, hob sie hoch und steuerte auf das Bett zu.

„Lucien, deine Wunden!“, rief sie entsetzt.

„Die sind mir egal. Ich muss jetzt ganz gründlich untersuchen, ob du einen Kratzer abbekommen hast“, meinte er und befreite sie von ihrer Kleidung.

„Du bist unmöglich“, erwiderte Abbie lachend.

„Vielleicht.“ Er grinste. „Ich bin auf jeden Fall ausgehungert nach dir.“

Übergründlich erforschte er jeden Zentimeter von ihr mit Händen und Lippen. Es dauerte nicht lange, bis Abbie unkontrolliert unter ihm zitterte und um Erlösung flehte.

„Bitte“, flüsterte sie und seufzte glücklich auf, als er sie endlich ausfüllte.

Ihr Liebesspiel war wild und es dauerte nicht lange, bis sie beide den Höhepunkt erreichten. Lucien vergrub seine Fänge in ihrem Hals und löste damit eine noch heftigere Welle aus. Mit großer Anstrengung versuchte er, bei Verstand zu bleiben, um ihr nicht im Rausch doch noch zu schaden. Abbie schlang ihre Arme um ihn und hielt ihn ganz fest an sich gedrückt, so als würde sie ihn nie wieder gehen lassen wollen.

Lucien brauchte weniger, als er gedacht hatte. Aber dann erinnerte er sich daran, dass Abigail und damit auch ihr Blut magische Fähigkeiten besaßen. Nach wenigen Schlucken konnte er spüren, wie seine Verletzungen heilten und die Schmerzen nachließen. Er verschloss die Bisswunde und genoss es, bei Abbie zu sein.

„Ich liebe dich“, flüsterte Abbie leise und schloss schläfrig die Augen.

„Ich liebe dich auch“, sagte Lucien und küsste sie zärtlich.

Tief in seinem Inneren wusste er, dass es ihre letzte gemeinsame Nacht sein würde ...

11. Kapitel

In dieser Nacht verließ Lucien sie erst sehr spät und tat es nur widerwillig. Er spürte in seinen Knochen, dass die Sonne bald aufging, und doch konnte er sich nicht zur Eile zwingen. Wenn Abbie eine Chance auf ein glückliches Leben ohne ihn haben sollte, dann durften sie sich nicht mehr sehen. Allein die Vorstellung, sie nie wieder in seinen Armen zu halten oder nie mehr ihr Lachen hören zu können, ließ ihn mit der Überlegung spielen, sich das erste Mal in hundert Jahren den Sonnenaufgang anzusehen. Es war sentimental und pathetisch, aber der Schmerz in seinem toten Herz saß tief. Lucien wusste, dass der Dämon in ihm ihn davon abhalten würde, sich der Sonne auszusetzen. Der Überlebenswille eines Vampirs war unglaublich stark und seine menschliche Seite würde den Kampf verlieren. Außerdem kam ihm diese Lösung feige vor. Er wollte sich das Leid nicht vorstellen, das Abbie empfände, wenn sie von seinem endgültigen Tod wüsste. Das konnte er ihr nicht antun.

Lucien seufzte und ging langsamen Schrittes durch den Wald zu seinem Versteck. Er würde die Gegend bald verlassen müssen, sonst wäre die Verlockung zu groß, wieder zu ihr zu gehen.

Wenn ich doch bloß ein Mensch wäre, dachte er frustriert. *Dann wäre alles etwas einfacher*. Es war schon ironisch, dass er sie nur treffen konnte, weil er ein beinahe unsterblicher Dämon war, und sie dann aus demselben Grund wieder verlieren musste.

Er wurde aus seinem Trübsinn gerissen, als er eine starke Präsenz hinter sich spürte. Kampfbereit wirbelte er herum und sah verwundert auf den weißen Hirsch, der ihn mit intelligenten Augen musterte - intelligenten, hellgrünen Augen.

„Was zur Hölle", stieß er hervor, als die Form des Hirsches unter gleißendem Licht zu verschwimmen begann und stattdessen ein junger Mann mit langen, weißen Haaren hervortrat. Als sich Luciens Augen wieder an die Lichtverhältnisse gewöhnt hatten, starrte er den mysteriösen Kerl an. Er erinnerte ihn verdammt stark an die alte Kräuterfrau.

„Wer zum Teufel bist du?"

„Vampir, nicht so unhöflich, wenn ich bitten darf", wies der Mann ihn zurecht. Dann schüttelte er den Kopf. „Aber was erwarte ich denn auch von einem Dämon?", fragte er mehr sich selbst.

Lucien machte eine spöttische Verbeugung.

„Verzeiht, wenn meine Manieren etwas zu wünschen übriglassen. Ich bin es nicht gewohnt, von magischen Wesen belästigt zu werden."

Der Weißhaarige zog eine Augenbraue hoch. „Ich muss dir zugestehen, dass du Mut hast. Außerdem habe ich dich beobachtet und weiß, dass sich hinter der Fassade des kalten und menschenverachtenden Vampirs etwas ganz anderes verbirgt."

Lucien war nicht ganz wohl bei der Sache. Er wusste, dass ihm nur noch wenig Zeit blieb, bevor ihn die ersten Sonnenstrahlen ins Jenseits befördern würden. Mit den Jahren hatte er jedoch gelernt, dass sich Geduld manchmal auszahlte. Abwartend verschränkte er seine Arme. Die Magie, die der Fremde ausstrahlte, glich so sehr der von Abbie und der alten Hexe.

„Ich habe nie geleugnet, dass ich Gefühle besitze. Selbst Vampire sind in der Lage zu fühlen, *Hüter*."

Der Mann war ein wenig überrascht über die Anrede, überwand das aber schnell.

„Das mag sein, jedoch sind Vampire unbestritten egoistisch und auf ihren eigenen Vorteil bedacht."

Er musterte Lucien aufmerksam und diesem kam es so vor, als würde er bis ins Innere seiner schwarzen Seele blicken können.

„An dir ist etwas anders. Für dich wäre es ein Leichtes gewesen, sich mit Marius zu verbünden oder selbst die angestrebte Macht zu ergreifen. Beantworte mir eine Frage: Warum hast du es nicht getan?"

Lucien zuckte mit den Schultern. „Ich mag zwar im Allgemeinen nicht viel von den Menschen halten, aber ich bin nicht so grausam, dass ich sie unter der Fuchtel von einem wie Marius sehen möchte. Das wäre eine düstere und qualvolle Zukunft für die Menschen geworden."

Der Mann nickte. „Warum interessiert dich plötzlich das Schicksal einer Handvoll Menschen? Wir beide wissen, dass du bestimmte Dinge zwar nicht für gut befindest, dennoch hat es dich bisher nie zum Handeln gezwungen."

Der Vampir verdrehte die Augen. „Euch ist es wohl verboten, einfach geradeheraus bestimmte Dinge zu sagen oder zu fragen, damit ich Euch verstehen kann?"

„Du verstehst mich sehr wohl, Vampir, also antworte", forderte der Weißhaarige. Lucien ignorierte die nahende Morgendämmerung und musterte den Hüter. Es musste etwas zu bedeuten haben, dass er ihnen in letzter Zeit dauernd über den Weg lief.

„Ich weile nun schon eine geraume Zeit als Vampir auf dieser Erde und kann durchaus einschätzen, wer für seinen eigenen Untergang verantwortlich ist und wer nicht." Lucien dachte an seine erste Begegnung mit Abigail: „Ihre Reinheit kommt tief aus ihrem Innersten und hat nichts mit Unschuld zu tun. Abbie *ist* einfach nur gut und lieb." Lucien blickte den Hüter an: „Ich mag vielleicht ein Monster sein, aber das heißt nicht, dass ich diese Dinge nicht zu schätzen weiß. Es muss auch Gutes in der Welt geben, sonst verschlingt uns alle irgendwann die Dunkelheit. Abbie ist mein Lichtblick und ich könnte ihr niemals Schaden zufügen."

Der Hüter sah ihn interessiert an. „Du liebst sie, so unglaublich das auch bei einem Vampir klingen mag. Hast du dich deswegen geweigert, sie zu wandeln? Dadurch hättest du sie bei dir behalten können."

„Und sie damit für immer verdammt!", antwortete Lucien heftig. „Was wäre das für eine Liebe, wenn ich ihr das antun würde? Sie ist ein Geschöpf des Lichtes und Heilerin mit Leib und Seele. Die ewige Nacht würde genau das irgendwann zerstören, was ich an ihr liebe."

Lucien bemerkte, wie die tödlichen Strahlen der aufgehenden Morgensonne immer näher kamen.

„Wenn Ihr nichts dagegen habt, Hüter, dann können wir die Fragestunde ein andermal fortsetzen. Ich für meinen Teil würde gern ein schattiges Plätzchen aufsuchen, bevor von mir nur noch ein Häufchen Asche übrig ist."

„Ist die Weiterreise wirklich das, was du willst?", fragte ihn der Weißhaarige.

„Nein“, gab Lucien zu. „Das, was ich will, habe ich an diesem Morgen zurückgelassen, um ihr ein glückliches Leben zu ermöglichen.“

Der Mann musterte ihn abschätzend. „Was wäre, wenn du Teil dieses Lebens wärst?“

Lucien schnaubte. „Dazu müsste ich ein Mensch sein und wir beide wissen, dass das nicht der Fall ist.“

„Was wäre, wenn du es werden könntest?“

Lucien sah ihn mit großen Augen an. „Ist das Euer Ernst oder wollt Ihr Euch über mich lustig machen?!“

Der Hüter zuckte mit den Schultern. „Die Wahl liegt bei dir.“

12. Kapitel

Als Abbie im Morgengrauen allein erwachte, traf sie die Erkenntnis wie ein Blitz: Die vergangene Nacht war die letzte mit Lucien gewesen. Sein Abschied war so anders gewesen als in den letzten Tagen.

Er hatte sie geküsst und geflüstert: „Ich liebe dich, Abigail. Werde glücklich für uns beide“, und war dann in die Nacht verschwunden.

Abbie richtete sich auf und suchte nach dem Hemd, das sie ihm vor ein paar Nächten abgeschwatzt hatte. Einen Moment lang dachte sie panisch, dass er es mitgenommen hatte, aber dann fand sie es in ihrer Truhe. Erleichtert schmiegte sie ihre Wange in den weichen, schwarzen Stoff und atmete dessen Geruch ein. Selbst jetzt duftete es unverkennbar nach Lucien. Abbie hoffte, dass es noch eine Weile der Fall sein würde. Mit dem Hemd in der Hand rollte sie sich auf ihrem Bett zusammen und ließ ihren Tränen freien Lauf.

Warum muss das Leben so ungerecht sein? Was habe ich getan, um diejenigen zu verlieren, die mir am meisten bedeuten?, fragte sie sich. So lange sie auch darüber nachdachte, sie fand keine Antwort. Nach dem Tod ihrer Eltern hatte sie sich so einsam und ungeliebt gefühlt, trotz ihrer Freundin Anna und deren lieber Familie. Das änderte sich erst mit Luciens Ankunft. Er hatte sie wie etwas Besonderes, Kostbares behandelt und war für sie da gewesen. So eigenartig das Zusammenleben mit einem Vampir auch war, für kurze Zeit brachte es sie ihrem Traum näher. Ihr war bewusst, dass sie mit Lucien auf eine eigene Familie verzichten musste, aber sie wären wenigstens zusammen gewesen. Seine Weigerung, sie zu wandeln, hatte sie verletzt, aber sie konnte verstehen, warum er sich so entschieden hatte. Lucien selbst mochte sich mit seiner vampirischen Existenz abgefunden haben und denken, dass er die ewige Verdammnis für seine Vergehen als Mensch und als Vampir auch verdiente. Abbie war geschockt gewesen von seiner Andeutung, dass sie als Vampir eventuell Geschmack an Kindern finden könnte. Sie konnte sich nicht vorstellen, dass sie in der Lage wäre, sich von Menschen zu nähren. Nach dem, was sie von ihm und Marius gesehen hatte, musste sie jedoch erkennen, dass es nicht so unwahrscheinlich war. Ein Teil der Menschlichkeit ging zwangsläufig durch die Wandlung verloren, zumal Lucien ihr versichert hatte, dass es keine angenehme Erfahrung gewesen war.

Abigail schloss die Augen und wünschte sich, dass dies alles nur ein böser Traum wäre. Plötzlich schreckte sie hoch.

„Mein Traum! Was wollte er mir sagen? Ich kann nicht glauben, dass er nur ein Produkt meiner Fantasie war. Wozu habe ich Magie im Blut, wenn sie mir oder anderen nicht nützen kann?“

Sie zog sich Luciens Hemd sowie einen einfachen Rock über und ging in den Garten, der von Sonnenschein und Leben erfüllt war. Diese Kleiderkombination mochte eigenartig anmuten, aber damit war sie ausreichend angezogen, um sich vor die Tür zu wagen. Falls jemand sie unerwartet aufsuchte, würde er damit leben müssen. Abbie war es herzlich egal, dass sie das Hemd ihres Geliebten ungeniert in der Öffentlichkeit trug. *Sollen die Leute doch denken, was sie wollen!*

„Ich wüsste nur zu gern, was dieser mysteriöse, weiße Hirsch zu bedeuten hatte. Das war kein gewöhnliches Tier ...“, murmelte sie nachdenklich.

Sie strich mit den Fingern über die samtigen Blüten ihrer Rosen. Noch immer machte vieles, was in der letzten Nacht gesagt worden war, keinen Sinn für sie. *Warum bin ich die Hüterin dieses Dorfes und was bedeutet das für mich? Ich bin doch nur eine einfache Heilerin!*

Anscheinend hatte sie den Gedanken laut ausgesprochen, denn ihr antwortete eine fremde Stimme: „Nein, das bist du nicht.“

Erschrocken sah sie auf den jungen Mann, der hinter ihr im Sonnenschein stand. Wo Lucien dunkel war, war dieser Fremde hell. Gegensätzlich wie Licht und Dunkelheit. Trotz seines jugendlichen Aussehens waren seine Haare schneeweiß. Seine ungewöhnlichen Augen strahlten eine alte Weisheit aus und erinnerten sie an den Hirsch und ...

„... meine alte Lehrerin“, flüsterte Abbie, als die Erkenntnis sie traf.

Der Fremde nickte zustimmend. „Ja, die alte Kräuterfrau, Baba, bei der du gelernt hast, gehört ebenso zu den Hütern wie du und ich.“

„Aber warum?“

„Du bist etwas Besonderes und die Magie, die in dir fließt, ist stark und rein. Außerdem hast du der Dunkelheit widerstanden.“

„Marius?“

Der weißhaarige Hüter nickte. „Marius und dem anderen Vampir ...“

„Lucien? Aber ...“ *Dem habe ich nicht widerstanden*, führte Abbie den Satz in Gedanken zu Ende.

Interessiert wegen ihres Einwandes zog der Hüter eine schneeweiße Augenbraue hoch. „Was ist mit diesem Vampir? Hat er dir etwas angetan?"

„Nein!", erwiderte sie erschrocken. „Das würde er niemals wagen!"

„Das wäre das erste Mal, dass ein Vampir keine Gefahr für eine Hüterin darstellt ..."

Abbie musste ihn verteidigen. „Lucien ist kein böser Dämon. Er hat mich mehrmals gerettet und mir niemals ein Haar gekrümmt."

„Wir reden hier aber von der gleichen Person, oder? Seit wann rettet ein Vampir Menschen? Wenn, dann bestimmt nur, um sich einen eigenen Vorteil zu verschaffen", sagte der Weißhaarige skeptisch.

Abigail wusste nicht, wie sie den Hüter von Luciens Sinneswandel und seinem guten Kern überzeugen sollte.

„Er liebt mich und ich liebe ihn, deswegen hat er mich erst vor den Männern aus meinem Dorf und dann vor seinem eigenen Schöpfer gerettet."

Nachdenklich sah er sie an. „Wenn ich es nicht mit meinen eigenen Augen gesehen hätte, dann wäre es mir unmöglich, dir zu glauben."

„Du hast *was*?", fragte Abbie empört. „Warum muss ich dann überhaupt mit dir über ihn diskutieren und warum hast du uns nicht geholfen?"

Der Hüter hob abwehrend die Hände. „Ich musste deine Meinung hören, bevor ich ein Urteil fälle, und allem Anschein nach habt ihr beiden keine Hilfe gebraucht. Es ist Teil der Prüfung, die erste Hürde ohne Unterstützung der Ältesten zu meistern. Da musste jeder von uns durch."

„Du warst der Hirsch“, sprach Abbie ihren Gedanken laut aus. „Das heißt, du hast auch etwas mit dem eigenartigen Traum zu tun, den ich hatte?“, wollte sie von ihm wissen.

Er zuckte mit den Schultern. „Vielleicht. Was genau veranlasst dich zu dieser Annahme?“

Abbie errötete, aber wenn sie eine Antwort wollte, musste sie wohl über ihre intimsten Wünsche sprechen.

„Ich habe diesen Traum schon sehr lange, aber das letzte Mal war er anders. Ich erkannte meinen zukünftigen Ehemann ...“ Sie zögerte.

„Aber?“

„Ich weiß, dass es nicht möglich ist, Lucien zu heiraten oder Kinder mit ihm zu bekommen“, erwiderte sie niedergeschlagen. „Er hat mich deswegen freigegeben, auch wenn es für mich wohl nie einen anderen geben wird ...“

„Du sprichst von dem Vampir, habe ich recht?“, erkundigte sich der Hüter erstaunt.

„Ja“, gab sie zu.

„Denkst du denn, dass er sich für ein sterbliches Leben an deiner Seite entscheiden würde, wenn er die Wahl hätte?“

„Was?“, rief sie überrascht. Dann dachte sie über die Frage nach. *Würde Lucien seine Unsterblichkeit aufgeben, um bei mir zu sein?*

„Ich hoffe, dass er sich selbst für würdig genug erachtet und sich für mich entscheidet.“

„Du hoffst?“

„Ich bin mir sicher, dass er mich liebt, aber er hat mich freigegeben, damit ich einen guten Mann finden kann, der mich glücklich macht.“ Sie schnaubte. „Dabei will ich keinen anderen. Lucien macht mich glücklich und ich denke, ich könnte das ebenfalls für ihn tun."

Der Hüter nickte. „Wenn das dein Wunsch ist, dann soll es so sein. Ich werde euch nicht länger im Weg stehen."

Mit einer Verbeugung verabschiedete er sich von ihr und verschwand dann als weißer Hirsch im Wald.

Verwundert starrte sie dem Tier hinterher. „Was, um Gottes willen, hatte das zu bedeuten?"

Zur Beruhigung ging sie in den Garten und zupfte Unkraut aus den Beeten. Nach einer Stunde Arbeit hatte sie sich halbwegs gefasst. Abigail stand auf und klopfte sich den Dreck von der Kleidung. Ihre Nackenhaare stellten sich auf und sie drehte sich um. Irgendjemand näherte sich ihr. Sie blinzelte gegen das grelle Sonnenlicht an, um besser sehen zu können. Ihr Herz fing an zu rasen, als eine dunkle Gestalt auf sie zulief.

Abbie wollte ihren Augen nicht trauen.

„Lucien", flüsterte sie.

Einen Herzschlag später warf sie sich in seine offenen Arme. Lucien wirbelte sie durch die Luft und küsste sie. Als Abigail wieder auf eigenen Beinen stand, umfasste sie sein Gesicht. Auf seinen pechschwarzen Haaren spiegelte sich die Sonne und seine Augen strahlten vor Glück.

„Wie kann das sein?", murmelte sie.

„Keine Ahnung." Er küsste sie noch einmal. „Ich weiß nur, dass du mich mit deiner Liebe befreit hast. Ohne dich wäre das alles nicht möglich gewesen."

Abbie konnte noch nicht glauben, was sie sah. Ihre Finger fuhren über seinen Körper, weil sie sichergehen musste, dass er tatsächlich vor ihr stand und kein Trugbild war.

„Ich kann es nicht fassen. Es kommt mir vor wie ein Traum."

„Ich bin wirklich hier", versicherte er ihr. „Auch wenn es einem Wunder gleicht."

Abbie lachte glücklich. „Versprich mir, dass du mich nie wieder verlässt. Das verkrafte ich nicht."

„Nie wieder", versprach er. „Wenn du mich denn behalten willst?"

„Natürlich. Als du fortgingst, hast du einen Teil von mir mitgenommen."

Lucien lächelte. „Dich zu verlassen, war das Schwierigste, was ich in meinem langen Leben getan habe."

Er nahm ihre Hände in seine. „Ich bleibe, unter einer Bedingung."

Abbies Herz schlug ihr bis zum Hals. Würde ihr Traum doch noch wahr werden?

„Welche?", fragte sie atemlos.

„Ich möchte, dass du meine Frau wirst. Ich habe dir zwar nicht viel zu bieten, aber über die Jahre habe ich einiges angesammelt, was uns beiden und den Kindern, mit denen wir vielleicht gesegnet sein werden, ein halbwegs gutes Leben ermöglicht."

„Ja, ich möchte deine Frau werden."

Lucien lehnte seine Stirn an ihre. „Nichts würde mich glücklicher machen." Dann ergriff er ihre Hand und legte sie auf seine Brust.

„Spürst du mein Herz? Es schlägt nur für dich, denn du hast es zum Leben erweckt."

Sie legte ihr Ohr an diese Stelle und lauschte seinem kräftigen Herzschlag. Abigail konnte ihr Glück nicht fassen.

„Ich liebe dich", flüsterte sie.

„Ich liebe dich auch“, antwortete Lucien lächelnd. Er wusste nicht, womit er sich die wunderbare Frau in seinen Armen und ihre Liebe verdient hatte, aber er würde alles dafür tun, sie glücklich zu machen, solange er lebte.

Abbie nahm seine Hand. „Lass uns nach Hause gehen.“

„Nur zu gern.“

Gemeinsam gingen sie in der Morgensonne durch ihren Kräutergarten ins Haus. Dort liebten sie sich so zärtlich, als wäre es das erste Mal und in gewisser Weise war es das ja auch. Keiner von beiden war in der Lage, die Gefühle zu beschreiben, die dieser besondere Moment in ihnen auslöste. Das pure Glück durchströmte Abbie, als ihre Körper endlich miteinander verschmolzen.

Beiden war bewusst, dass ihnen einige Herausforderungen bevorstanden, aber zusammen würden sie alles meistern. Nach so langer Zeit als Vampir musste Lucien erst wieder lernen, was es bedeutete, ein Mensch zu sein und zu leben. Doch mit Abigail an seiner Seite fand er sich schnell in seinem neuen Leben zurecht. Er nahm die Einschränkungen seines menschlichen Körpers nur zu gern in Kauf, so lange er Abbie an seiner Seite hatte. Seine einnehmende Art gepaart mit Abigails Freundlichkeit sorgten dafür, dass das anfängliche Misstrauen der Dörfler ihm gegenüber rasch abnahm.

Während Lucien sich an sein menschliches Leben gewöhnte, vertiefte Abbie sich in die Erforschung ihrer Kräfte und wurde dabei von den anderen Hütern unterstützt.

Bald darauf änderte sich mit der Ankunft ihres ersten Kindes ihr Leben erneut. So wuchs eine neue Generation

Hüter heran: Eine Union von Licht und Dunkelheit, geboren im Schatten der Nacht.

Und so lebten Abbie, Lucien und ihre Kinder glücklich bis an ihr Lebensende ...

Danksagung

Wie immer möchte ich hier allen Menschen danken, die mir bei der Entstehung dieses Buches geholfen haben. An erster Stelle natürlich meinem Mann und meiner Familie, die mich in allen Vorhaben unterstützen und es tolerieren, wenn ich mal wieder nächtelang nur am PC sitze.

Meiner super tollen Lektorin Jeanette Lagall danke ich für das Lektorat, Yvonne Less für das wunderschöne Cover und Sandra Grüter für das Korrektorat.

Außerdem möchte ich meinen Testleserinnen und Testlesern danken: Matthias Raab, Heiko Hille, Franziska Stein, Stella Corral, Jasmin Rotert, Andrea Braun und Anna Ressler.

Meinen lieben Leserinnen und Lesern, also euch, möchte ich natürlich auch danken. Ich hoffe, euch hat das Buch gefallen.

Herzlichen Dank! Ohne euch wäre das hier nicht möglich!

Eure

Vanessa Carduie

Habt ihr Anregungen, Kritik oder Lob? Ich habe mich zwar bemüht, alle Rechtschreibfehler zu entfernen, aber wenn ihr doch noch welche findet, sagt mir Bescheid.

Mail: vanessa.carduie@gmx.de

Weitere Bücher von Vanessa Carduie

WG mit Biss – Der etwas andere Vampirroman

Auftakt der Schattenseiten-Trilogie

Fabian ist zweihunderteinundzwanzig Jahre jung und ein Vampir.

Sein bisheriger Wohnort, der Hausmannsturm des Dresdner Residenzschlosses, wird langsam unbequem. Die Menschen rücken ihm immer weiter auf die Pelle und stören seinen Frieden. Ein Umzug scheint unumgänglich, denn die Menschheit weiß nichts von Vampiren und das soll schön so bleiben. Eine passende Lösung scheint das Angebot von seiner Freundin Erika zu sein, die einen neuen Mitbewohner sucht.

Doch kann eine WG aus Werwölfin und Vampir funktionieren?

Bald darauf wird Erika zum Ziel von Werwolfjägern und Fabian muss sich entscheiden: für ein chaotisches, aber erfüllendes Leben an Erikas Seite oder für die Rückkehr in seine alte, ruhige Existenz im Schatten der Gesellschaft?

Teil 2: Neustadtzauber (01.06.2016)
Teil 2 ½ : Weihnachten mit Biss (22.12.2016)
Teil 3: Wolfsblues (15.03.2017)

Neustadtzauber – Eine Geschichte voller Magie

Teil 2 der Schattenseiten-Trilogie

Bis zu dieser einen, schrecklichen Nacht wusste sie nicht, dass es sie gibt: Vampire.

Die junge Hexe Valeria hat Schreckliches überlebt, wenn auch nur knapp. Niemals hätte sie gedacht, dass sie die nächste Begegnung mit einem dieser Monster heil überstehen würde ...

Ihre neuen Freunde Fabian und Erika geben ihr Bestes, um Valeria die Angst zu nehmen. Alles könnte schön sein, aber noch immer wird Valeria von Albträumen verfolgt, die sie einfach nicht loslassen wollen. Es bleiben noch viele offene Fragen und die Bestrafung ihrer Peiniger steht bevor. Zu ihrem Entsetzen löst Konstantin, der düstere Vollstrecker, totgeglaubte Gefühle in ihr aus.

Doch wird Valeria jemals in der Lage sein, die Schatten der Vergangenheit zu überwinden und einem Vampir zu vertrauen? Nur ist dieser nicht der Einzige, der Valeria näher kommen will ...

Wolfsblues- Eine Geschichte zum aus der Haut fahren

Das Finale der Schattenseiten-Trilogie

Der Feind ist aus dem Schatten getreten ...

Nachdem die Machenschaften der Schwarzmagier entdeckt wurden, liegt die Zukunft der übernatürlichen Wesen in der Hand einer bunt zusammengewürfelten Truppe aus Werwölfen, Vampiren und einer Hexe.

Die Werwölfin Tamara hat eigentlich mehr als genug um die Ohren. Trotzdem stellt sie sich auf die Seite ihrer besten Freundin Erika. Damit macht sie sich nicht nur Freunde bei den Werwölfen. Dazu kommt noch eine neue Mitbewohnerin, die ihre Aufmerksamkeit fordert.

Was sie überhaupt nicht gebrauchen kann, sind weitere Komplikationen, aber natürlich hat das Schicksal eigene Pläne. So kommt es, dass sie sich in einen ungewöhnlichen Mann verliebt, und dadurch zwischen die Fronten gerät.

Egal, wofür sie sich entscheidet, hinterher wird nichts mehr so sein wie es war ...

Weihnachten mit Biss – Eine Schattenseiten-Novelle

(22. Dezember 2016)

Wie feiern Vampire Weihnachten?

Das Jahr neigt sich dem Ende entgegen. Hinter Fabian liegen ereignisreiche und aufreibende Monate. Viel hat sich seit dem Sommer verändert und sein ruhiges Leben gehört der Vergangenheit an. An sich ein Grund zur Freude, doch wie soll er die richtigen Geschenke für seine neue Familie finden, wenn er seit zweihundert Jahren kein Weihnachten gefeiert hat?

Dazu kommt noch ein prekäres Geheimnis, was endlich gelüftet werden soll ...

Begleitet den liebenswerten Vampir auf seinem Abenteuer und trefft alte Bekannte wieder.

Literary Passion – Gefährliche Träume (Band 1)

(Dezember 2017)

„Das besondere Erlebnis für Bücherliebhaberinnen - Wellness, Literatur und sinnliche Abenteuer.“

Ein mysteriöser Todesfall in ungewöhnlicher Umgebung.

Als Kommissarin Magdalena Schwarz zu einem Tatort gerufen wird, ahnt sie noch nicht, dass dieser Fall ihre Sicht auf die ‚reale' Welt auf den Kopf stellen wird. Denn das ‚*Literary Passion*' birgt mehr als nur ein Geheimnis und vieles ist nicht, was es zu sein scheint.

Was ist Wirklichkeit und was Traum? Wer ist Freund und wer Feind?

Darf Magdalena sich auf die Verführungen in dieser fremden Welt einlassen oder wird sie so enden wie die Tote, die sie an diesen Ort gebracht hat?

Vanessa Carduie ist ein Mitglied der „Schicksalsweber".

Jeder Schicksalsfaden enthält tausende Geschichten, die erzählt werden wollen. Begleitet Vanessa, Jeanette und Julia durch die Zukunft, die Gegenwart und die Vergangenheit. Welten voller Träume, Hoffnung und Liebe erwarten euch.

http://schicksalsweber.com/

„Die Schicksalsweber" lautet der Name unseres kleinen und ganz frischen Zusammenschlusses. Dahinter verbergen sich: Jeanette Lagall, Vanessa Carduie und Julia A. Kris.

Passend zur Thematik – Vergangenheit, Gegenwart und Zukunft – liefern wir euch die jeweiligen Geschichten aus diesen Zeiten.

Wir spielen die Schicksalsgöttinnen für unsere Protagonisten und durchtrennen auch mal skrupellos Lebensfäden oder knüpfen neue Verbindungen.

Doch es geht uns nicht nur darum, denn dann hätte natürlich auch jede für sich bleiben und in ihrer kleinen Welt die Göttin raushängen lassen können. Schreiben lässt sich ganz gut allein, aber unterhalten eben nicht. Und genau das möchten wir unseren Lesern zuteilwerden lassen: Unterhaltung, und das über das reine Lesevergnügen des fertigen Buches hinaus.

Ihr bekommt exklusive Vorabtextpassagen, wir erzählen euch lustige Anekdoten, wie wir auf manche Ideen kamen, unterhalten euch aber auch mit Lesungen, Livevideos und geben uns für eure Fragen zum ‚Abschuss' frei. Und das ist nur der Anfang.

Wir wollen für euch Autoren zum Anfassen und Austauschen sein und natürlich haben wir deswegen auch die Leipziger Buchmesse 2018 schon fest eingeplant.

Wir freuen uns, wenn ihr uns folgt, und wünschen euch gute Unterhaltung!

Eure Schicksalsweber

- Die Schicksalsweber -

Schicksalsweber-Lesestoff:

Kurzgeschichten zu Halloween (1)

Brr. Ist es ungemütlich draußen geworden. Der Herbst ist über das Land hereingebrochen. Die Bäume tragen buntes Laub oder stehen als kahle dürre Vorboten des Winters im Nebel, der nun fast täglich in den Nachtstunden hinaufzieht. Kommt herein und setzt euch zu uns an den Kamin, in dem ein munteres Feuer knistert. Schaut nur, wie die Flammen Schatten und Bilder an die Wände unserer einfachen Holzhütte werfen. In Nächten wie dieser wird gemunkelt, dass Geister und andere Wesen in die Welt der Sterblichen kommen, sie heimsuchen oder beglücken.

Seid ihr mutig genug, um einen Blick in die Flammen zu wagen? Wer weiß, welche Geschichten sie für euch bereit halten?

Einsames Halloween – Jeanette Lagall
Schatten – Julia A. Kris
Süßes oder – Aua! – Vanessa Carduie

ISBN 978-3-7450-7536-6
www.epubli.de